KB110440

아무튼, 술

아무튼, 술

아무튼, 술

김혼비

"최종 진실을 내놓기 전에
고트족처럼 적어도 두 번은 문제를 놓고
토론해야 할 것이다. 로렌스 스턴은
이 점 때문에 고트족을 좋아했는데,
고트족은 먼저 술에 취한 상태로 토론하고
이후 술이 깬 상태에서 또 한 번 토론했다."
_『다뉴브』, 클라우디오 마그리스

내 진짜 조상을 찾았다.

차례

프롤로그

대체 어디서 듣고 입에 딱 붙여왔는지 언젠가부터 엄마가 '마이너—메이저', '비주류—주류' 같은 말을 쓰기 시작했다. 대체로 두 쌍의 앞 단어들을 투덜대면서 많이 썼다. 넌 정서가 너무 마이너해, 넌 항상 비주류들만 좋아해, 이런 식으로, 주로 나에게, 한숨을 쉬며. 나의 첫 책을 읽고 나서도 엄마는 말했다. "동네 여자 축구라니. 완전히 비주류네…." 역시 한숨을 쉬면서.

얼마 전 『우아하고 호쾌한 여자 축구』의 편집자와 휘뒤에 술을 마시면서 다음 책에 대한 이야기를 나눴다. 그전까지는 만날 때마다 늘 빈손이었지만 그날은 다행히 들고 간 게 있었다.

나 : 제가 하나 생각한 게 있는데요. 근데 소재가 좀 마이너해서…. (언젠가부터 이 말이 내 입에도 붙어버렸다. 한숨까지 이어 붙을 필요는 없었는데.)
편집자 : 여자 축구보다 더 마이너해요? (에이 설마, 그건 아니겠지.)
나 : 아마도요….
편집자 : 음…?! 여자 축구보다 더 마이너하다

고요? 아니, 뭔데요?

나 : ○○○○요.

편집자 : 아… 진짜로 더 마이너하네요….

곧이어 아하하하, 웃는 편집자를 따라 웃는 내 마음속은 살짝 복잡했다. 고백하자면 ○○○○는, 언젠가 써보고 싶다고 생각해둔 몇 가지 글감 중에서 가장 '메이저'한 소재였기 때문이다.

그러니까 내 안에는 여러 글감이 마트료시카 인형처럼 주르륵 늘어서 있는데, 문제는 일반적인 마트료시카의 아홉 번째쯤에 해당할 아주 작은 인형이 내 마트료시카 인형의 몸체에 해당한다는 데에 있었다. 왜 나는 항상 마트료시카의 작은 인형들, 너무 작아져서 공예가도 어쩔 도리 없이 삐뚤빼뚤 눈코 입을 겨우 욱여넣다시피 찍어 넣는 바람에 자세히 들여다보면 이걸 인형의 얼굴이라고 말해도 좋을지 난감한 기분이 드는 것들에만 매력을 느끼는가. 얼핏 엄마의 말이 스쳐 갔고 나도 인정했다. "진짜 비주류네…." 역시 한숨을 쉬며.

집으로 돌아오는 길, 자잘한 마트료시카들의 준엄한 도열 사이로 이런 나도 주류가 될 수 있는 유일한 방법이 떠올랐다. 주(酒)류 작가가 되는 것이다. 술이라면 내가 20년 동안 그 무엇보다도 가장 꾸준하고 성실하고 열정적으로 사랑해온 게 아닌가. 반평생에 걸쳐 가장 많은 돈을 쏟아부은 것도, 가장 많이 몸속으로 쏟아부은 것도 술이었다. 나는 술에 대해 할 말이 많았다. 술에 대해 쓰자. 술책을 쓰는 술책을 쓰자. 이 술책 앞에서라면 더는 저에게 비주류라고 한숨 공격을 할 수 없을 것입니다, 어머니여.

하지만 막상 쓰려고 보니 술을 주제로 한 책들은 이미 너무 많이 나와 있었다. 술 사전으로 삼아도 좋을 만큼 유용한 지식이 빼곡한 책부터 도통 술맛이 돌지 않을 때(이런 경험을 해본 적은 없지만…) 몇 장만 읽어도 바로 술맛이 돌 것 같은 맛깔스러운 책, 술이 가져다주는 천국 같은 기분과 지옥 같은 숙취를 생생히 그려낸 책, 기이한 음주벽들이 시트콤처럼 펼쳐지는 책까지. 몇 년 전부터 주변 사람들이 내가 SNS에 자주 올리곤 하는 술과 안주에 관한 글을 묶어 책으로 내면 어떻겠냐는 말을 해왔는데, 그마저도 내가 무척 좋아하는 소설가가 나보다 50배는 훌륭한 솜씨로 최근 출간하는 바람에 몇 발 늦었다. 더 이상 술에 관해 뭘 더 쓸 수 있겠어. 그래, 주류가 되기보다는 그냥 계속 주류업계의 호구로 사는 게 낫겠다.

엊그제 퇴근하고 대학로의 포장마차에서 친구와 함께 통골뱅이와 생선구이에 소주를 마신 후 집에 돌아오는 길이었다. 약간 술에 취해 지하철에서 깜빡 잠이 든 나는 "다음 내리실 역은 충청도, 충청도입니다"라는 안내방송을 듣고 소스라치게 놀라 벌떡 일어섰다. 뭐? 내가 지금 충청도까지 왔다고? 대체 어떻게?? 그 박력에 주변 사람 몇이 화들짝 놀라는 바람에 나는 더 화들짝 놀랐고, 어쩌자고 충청도까지 지하철을 타고 온 건지 혼란스러워 선 채로 안절부절못하기를 잠시, 열차가 역사에 들어서면서 진실을 깨닫고는 몰려드는 민망함에 떠밀리듯 문 앞으로 다가가 바싹 붙었다. 누구와도 눈이 마주치지 않게. 그렇게 나는 충정로역에서 내렸다.

늦은 밤이라 배차 간격이 길어 다음 지하철을 꽤 오래 기다려야 했다. 의자에 망연히 앉아 가방을 열었다. 사무실로 배송되어 온 책이 에어캡에 싸인 채 그대로 들어 있었다. 에어캡을 벗기고 책을 꺼내 읽…기에는 너무 취해 있었으므로(마침 책도 『우리는 마약을 모른다―교양으로 읽는 마약 세계사』였는데, 눈이 완전히 풀려 있을 게 분명한 사람이 꺼내 읽을 만한 책은 아닌 것 같았다⋯) 대신에 에어캡을 하나씩 터뜨리기 시작했다. 마지막 한 병이 문제였어, 뽁, 피곤해 죽겠네, 뽁, 충정로를 충청도로 듣다니, 이게 다 사흘 전에 축구 보러 아산에 다녀왔기 때문이야.

뽁뽁이를 터뜨릴 때마다 정처 없는 생각들이 머릿속을 지나갔다. 뽁뽁이 하나에 술과의 추억과 뽁뽁이 하나에 술을 향한 사랑과 뽁뽁이 하나에 숙취의 쓸쓸함과 뽁뽁이 하나에 그럼에도 다음 술에 대한 동경과 뽁뽁이 하나에 에세이와 뽁뽁이 하나에 어머니, 어머⋯니⋯. 어우, 그래, 술책을 쓰자. 술에 관한 이야기라기보다는 술과 얽힌 나만의 이야기를. 술과 함께 익어간 인생의 어느 부분에 관해서. 써보자. 쓰자고.

'술을 좋아해서 이 책을 쓰게 됐고, 이 책을 쓰게 돼서 기쁘다'라는 한 문장이면 될 것을, 말이 길어졌다. 나에게는 어떤 대상을 말도 안 되게 좋아하면 그 마음이 감당이 잘 안 돼서 살짝 딴청을 피우는, 그리 좋다고는 하지 못할 습관이 있다. 말도 안 되게 좋아하다 보면 지나치게 진지해지고 끈적해지는 마음이 겸연쩍어 애써 별것 아닌 척한다. 정성을 다해 그리던 그림을 누가 관심 가지고 살펴보면 괜히 아무 색깔 크레파스나 들어 그림 위에 회오리 모양의 낙서를 마구 해서 별것 아닌 것처럼 만들던 여섯 살 적 마음이 아직도 남아 있다. 말도 안 되게 좋아하는 걸 말이 되게 해보려고 이런저런 갖다 붙일 이유들을 뒤적이기도 한다. 그래서 술을 좋아하는 것 같다. 술은 나를 좀 더 단순하고 정직하게 만든다. 딴청 피우지 않게, 별것 아닌 척하지 않게, 말이 안 되는 것은 말이 안 되는 채로 받아들이고 들이밀 수 있게.

술을 말도 안 되게 좋아해서 이 책을 쓰게 됐고, 이 책을 쓰게 돼서 말도 안 되게 기쁘다. 말도 안 되는 일이 시시때때로 벌어지는 세상에서, 다음 스텝으로 무엇을 해야 할지 막연하고 막막할 때에 일단 다 모르겠고, '아무튼, 술!'이라는 명료한 답 하나라도 가지고 있어 다행이다.

첫 술

술과의 첫 만남은 요란했다. 지금도 남아 있는지는 모르겠지만 내가 고등학교 다닐 때만 해도 '수능 백일주'라는 문화가 있었다. 단속 자체가 그리 심하지 않아 고등학생인 걸 알아도 '백일주니까'라는 이유로 술집 주인들이 슬쩍 눈감아주기도 했던 시절이었다. 단속에 걸린다고 한들 미성년자가 아닌 친구 언니 주민등록번호를 외워가지고 다니면 무사히 통과할 수 있던 시절이기도 했다. 첫 술은 그런 허술에서 탄생했다.

일주일 전부터 교실 곳곳에서 "누구랑 마실 거야?", "어디서 마실 거야?"라는 질문이 오고갔다. 백일주 같은 것에 아랑곳하지 않고 여느 날과 마찬가지로 학원이나 독서실에 갈 것 같은 모범생들조차도 그런 분위기에 휩쓸려 마음이 흔들렸는지 모범생 그룹 중에서는 그나마 가장 '농땡이'인 나에게 와서 조언을 구했다.

전혀 안 그럴 것 같던 모범생 친구들의 은근한 기대에 찬 눈빛을 보니 그들의 일탈을 주도해서 주도로 이끌고 싶은 이상한 리더십이 고개를 들었다. 앞으로 그들이 술과 어떤 관계를 맺어나갈지 모르겠지만, 그들의 술 역사의 시조로서 기억 속 어딘가에 초상처럼 그려져 있고 싶기도 했다. 다른 것도 아니고 술의 시조라니, 좀 멋지지 않은가. 당시만 해도 내가 반평생을 거의 직업이 아닐까 싶을 정도의 술꾼으로서 살아가게 될 거라는 사실을 전혀 모르고 있었다는 걸 감안하면 본능에서 나온 다분히 계시적이고 탁월한 진로 선택이었다. 물론 백여 일 이후에 있을 대학교 진로 선택은 망했지만. 물론 그래서 술 선택을 '진로'로 한 건 아니었지만('참이슬'이 아직 '진로'였던 시절이기도 했다).

저녁 7시, 내가 미리 알아봐둔 소주방에서 아홉 명이 모였다. 최대한 어른스럽게 차려입고 온 모습부터 다들 가관이었다. 언니가 있는 친구들은 그나마 나았다. 장녀인 친구들은 엄마 옷을 입고 나오는 바람에 그 어느 때보다도 '장녀티'를 풀풀 풍겼다. 다들 명절에 어른들에게서 한두 모금씩 얻어 마신 경험은 있지만 이렇게 본격적으로 술을 마시는 건 처음이라 매우 설레고 떨렸음에도 촌스럽게 보이지 않으려고 태연을 떠는 것도 볼만했다. 점잔을 빼니 장녀티가 더 났다.

그런 서로를 놀리고 갈구고 깔깔대는 와중에도 모범생 정체성들만은 꼿꼿이 살아 있어 각자 알고 있는 술에 관한 지식들을 하나둘씩 모으기 시작했다. 첫 잔은 '원샷'이라는 둥, '원샷'을 하고 나면

머리 위로 술잔을 터는 거라는 둥, '첨잔'은 이런 뜻
이라는 둥, 대중지성의 힘으로 우리는 점점 술자리
에 적응해갔고, 나는 내 주량이 어느 정도인지도 모
르면서 연신 잔을 부딪쳤고, 계속 마셨다. 그리고 기
억이 끊겼다….

누군가 꿈속에서 헤매는 내 머리끄덩이를 우악
스럽게 그러잡고 현실에 패대기친 것처럼 끔찍한 두
통과 함께 번쩍 눈을 떴다. 깜깜한 와중에도 바로 알
수 있었다. 내 방이었다. 스탠드를 켜고 시계를 보니
새벽 3시. 어떻게 된 거지?

어렴풋이 엄마가 저녁 모임에서 돌아오기 전
집에 들어가 양치로 술 냄새를 없애고 이불 속에 숨
어들어야 한다는 일념으로 서둘러 집까지 발걸음을
재촉한 것이 기억났다. 열쇠로 현관문을 연 것도 기
억났다. 내 상태를 보니 얼굴에서 은은한 비누 향이
나는 게 씻고 잠옷까지 갈아입은 채였다. 기억하거
나 유추해볼 수 있는 건 그게 전부였다. 어쨌거나 무
사히 집에 돌아와 있다는 것. 애들은? 다들 잘 들어
갔나? 걱정이 스치려는 찰나, 갑자기 속에서 뜨거운
것이 치받혀 올라왔다. 당장 화장실로 달려갔다. 한
참을 토했다. 좀 멎은 것 같길래 물을 내리려고 눈을

떴다가 '어… 내 기억에 없는 음식인데?'를 확인하는 순간 또 토했다.

아, 이게 사람들이 말하던 '오바이트'라는 거구나. 그전까지 위장도 비위도 제법 강해서 이렇게 본격적으로 토해본 적이 없던 나는 사람의 위 속에 들어갈 수 있는 음식의 양에 대단히 놀랐다. 기억은 하나도 못 하는 주제에 먹은 것은 이렇게나 많다니, 뇌는 없고 위만 있는 인간이 된 것 같았다. 게다가 오바이트라는 행위에는 포스트모던한 구석마저 있었다. 단일 식품에 위액을 섞어 어느 정도 해체한 후 전혀 다른 질감을 가진 형태로 바꿔 무규칙적으로 다시 섞은 다음, 역순으로 쏟아져 내리게 함으로써 플롯의 순서도 뒤집어놓는다. 매우 더럽고 전위적인 방식의 포스트모던이었다. 그렇게 뒤집힌 플롯을 따라 시간을 거꾸로 더듬어가며 기억에 없는 음식들이 기억에 있는 음식들로 넘어갈 때까지 토하고(오, 그래, 계란말이부터는 기억난다, 우욱, 뭐 이런 식으로…), 엄마가 깨지 않게 조심조심 화장실 청소까지 깨끗이 해 증거인멸까지 마친 후 방으로 돌아왔다. 그리고 기억이 또 끊겼다….

아침에 일어나서도 자꾸만 포스트모던해지려

는 몸을 겨우 다독여서 아슬아슬하게 지각을 면했다. 아, 죽겠네, 하고 내 자리에 가방을 떨구기 무섭게 어제의 멤버들이 싱글대며 다가왔다. "맞다! 너희! 괜찮았어?"라고 그제야 생각이 나서 물으니 다들 태어나서 그런 같잖고 웃긴 질문은 처음 들어본다는 듯이 비웃으며 "그러는 너는 괜찮았냐?" "설마 비겁하게 기억 안 난다고 하진 않겠지!" 같은 말들을 쏟아냈다. 떠들썩해진 내 자리로 다른 애들도 슬금슬금 모여들었다. 하나같이 애써 꾹 다문 입가로 웃음이 새어 나와 있었고, 반달꼴이 된 눈에 '당장 너를 놀리고 싶어 견딜 수가 없다'는 기색이 어려 있는 것이, 다들 무언가를 이미 듣고 알고 있는 게 분명했다.

"뭐, 뭐야…. 나 어제 뭐 했냐?"

"기억 진짜 안 나? 그냥 안 나고 싶은 거겠지!"

"진짜야! 계란말이 이후로는(우욱…) 하나도 기억이 안 나. 나 어제 뭐 했는데?"

"어제 너랑 원이랑 제일 취해서는 둘이 싸웠어."

"에? 진짜? 원이 어딨어?"

그러고 보니 나를 둘러싼 얼굴 중에 원이 얼굴이 안 보였다. 아니, 근데 싸웠다고? 고교 시절 내내 한 번도 누구랑 싸워본 적이 없는데, 그것도 그 얌전한 원이랑, 내가 싸웠다고?

"아직 안 왔어. 아픈가 봐. 걔도 어제 엄청 취했거든."

"우리는 너도 오늘 못 올 줄 알았는데."

"나 원이랑 왜 싸웠어?"

물어보기 무섭게 서로 자기가 말하겠다고 앞다투느라 약간의 소란이 일었다. 어수선한 가운데 들은 사건의 전말은 이랬다.

한창 술을 마시던 중 누군가 나에 대해 '혼비는 이러저러한 것 같아'라는 말을 꺼냈다. 기분 나쁠 말은 전혀 아니었고 굳이 구분하자면 좋은 말에 가까웠기에 다른 친구들도 편하게 말을 받아 맞장구를 치거나 뒷받침할 만한 에피소드들을 하나둘 꺼내놓았다.

바로 눈앞에서 나에 관한 이야기가 오고가니 쑥스럽고 간지러웠던 건지 내가 대화 중간중간에 끼어들며 에이, 그만해, 난 딱히 그런 사람 아닌데, 같은 말들을 몇 차례 했지만, 한번 그 주제에 꽂힌 그들은 화제를 쉽게 돌리지 않았다. 나중에는 테이블 끄트머리에서 다른 이야기를 나누고 있던 친구들까지 가세해 오히려 판이 커졌다. 에이, 그만해, 아니야, 아니라고, 만류하는 내 목소리가 점점 커지더니 "너희가 나에 대해 뭘 알아?"에 이르러서는 손바닥으로 테이블을 살짝 내리치기까지 했다고 한다. 이런, "나다운 게 뭔데?"와 비견할 만한 오그라드는 말을 테이블을 내리치면서까지 했다니… 다음 전개로 "너희가 알던 나는 예전에 죽었어!" 따위의 말을 외치고 뛰쳐나가지 않았기만을 간절히 바랐다….

다행히도(이것은 이 시점에서의 감정일 뿐이고, 끝까지 다 듣고 난 이후 나는 차라리 이때 저러고 뛰쳐나갔으면 어땠을까라는 생각을 하게 된다) 거기까지는 전개되지 않았지만 일순 조용해진 틈을 타 나는 한 번 더 힘주어 말했다고 한다. "안 그래? 너희가 나에 대해 뭘 아고!"

눈치 빠른 진이가 짐짓 투정과 약간의 애교를 섞어 "야아~ 우리 서로에 대해 다 잘 아는 거 아니었어? 우리가 너에 대해 잘 모른다고 하면 진짜 서운하다아~"라며 분위기를 살짝 풀었다. 하지만 이미 술에게 눈치코치염치재치 다 빼앗겨버린 나는 "응, 너희는 나에 대해 전혀 몰라"라고 재차 못을 쾅쾅 박았다. 그러더니 애들 쪽으로 거꾸러지듯 몸을 깊숙이 기울이며 나에 대해 나도 몰랐던 놀라운 비밀을 말해주었다.

"사실 나는… 너희가 생각하는 그런 사람이 아니야. 사실 나는….."

"…?"

"배추야."

잠깐의 정적이 흐른 후, 서로 자기가 지금 제대로 들은 게 맞는지("야, 지금 쟤가 '배추'라고 했어?"), '배추'에 혹시 자기가 모르는 어떤 은어로서의 의미가 있는지("쟤가 말하는 '배추'가 뭘 말하는 거야?"), 내가 제대로 말한 게 맞는지("너 지금 '배추'라고 그랬어?"), 내가 제대로 말했다면 대체 왜 그런 말을 했는지("너 지금 설마 그걸로 웃기려고 한 거야?") 이런저런 확인 작업이 오갔다. 그런 애들을 멍하니 쳐다보던 나는 뭔가 큰 결심이라도 한 듯 한층 단호해진 목소리로 한 번 더 말했다.

"그래, 난 배추야. 배추라고."

다들 혼란스러워하는 가운데 이번에도 진이가 가장 눈치가 빨랐다. "야, 야, 쟤 완전 취했네, 취했어. 미친년, 지가 배추래. 크크크크큭" 하고 웃기 시작했고, 그제야 다들 상황을 파악했다. 누군가는 미친 듯이 웃었고, 누군가는 "김혼비, 너 취했냐?"라고 물어 뭔한 질문을 던졌고, 누군가는 멀뚱히 앉아 있는 내 눈앞에 손을 내밀어 "야, 너 이거 몇 개로 보이냐? 괜찮아?"라고 다소 연극적으로 손가락을 네 개 폈다가 세 개 폈다가 하며 놀렸다. 그런데 문제의 원이, 우리의 얌전한 원이, 어쩌다 하는 말도 늘 속삭이는 원이가 평소와는 사뭇 다르게 모두가 들을 수 있는 목소리로 나에게 따졌다.

"우리가 아무리 취했다고 그 말을 믿을 것 같아? 우리가 바보야? 너 지금 이렇게 우리한테 말을 하고 있잖아. 말을 한다는 건 네가 사람이라는 증거야, 아니야?"

원이의 말에 다들 약간 충격을 받았다고 한다. 전혀 대꾸할 가치도 없는 말에 저렇게 정성껏 대답을 하다니. 게다가 목소리와 표정에 노기마저 띠고 있어서 대체 원이가 왜 저렇게 화를 내는지 다들 다시 혼란에 빠졌다. 지금 와서 생각해보면 원이는 말하는 존재로서의 인간, 호모 로퀜스의 본질을 정확히 꿰뚫었던 것 같다…기보다 그냥 많이 취했던 것 같다. 나도 식물로서의 인간, 호모 보타니쿠스 같은 새로운 철학적 담론을 제기하려고 했던 게 아니었듯이….

하지만 곧이어 인간의 본질을 둘러싼 두 사람의 치열한 싸움이 시작됐다. 원이도 나도 그 무리 중에서 다툼을 할 것 같은 사람 순으로 이름을 적는다면 맨 마지막 줄을 두고 그제야 다툴 만한 사람들이 있기에 다들 말릴 생각도 않고 마냥 신기하게 쳐다보고만 있었다고 한다.

"내가 배추인지 아닌지, 당사자인 내가 알겠어, 네가 알겠어?"

"지금 네가 나한테 말을 하고 있다는 것 자체가 네가 배추일 리 없는 거라고. 이 말이 어렵냐?"

"왜 배추는 말을 못 할 거라고 생각해?"

"어이없어. 지금까지 말하는 배추는 본 적도 없거든?"

"네가 고작 19년 살면서 아직까지 못 본 게 말하는 배추 말고는 없을 거라고 생각해?"

오고간 말들이야 더 많지만 다 적었다가는 진짜로 "너희가 알던 나는 예전에 죽었어!" 따위의 말을 외치고 뛰쳐나가게 될 것 같으니 여기까지만 하겠다…. 어쨌거나 말리기에도, 끼어들기에도 참 애매한 싸움이 아닐 수 없었다고 한다. 그래도 계속 옥신각신 언성이 높아지니까 다른 테이블에 앉은 사람들이 힐끗힐끗 우리 쪽을 보기 시작했고, 눈에 띄어 봤자 좋을 게 없는 미성년자 친구들 입장에서는 우리를 말릴 수밖에 없었다. 원래 싸울 때 누가 옆에서 말리기 시작하면 순순히 멈추기보다는 승부수를 던

저 끝장내고 싶어지기 마련이라, 결국 그 당시 유치한 고등학생들의 싸움에 종종 '끝판왕'으로 등장하고는 했던 말을 원이가 뱉기에 이르렀다.

"네 말이 맞다 치자, 맞다 쳐. 근데 증거 있어? 증거 있냐고!"

증거를 대라는 말에 나는 약간 움찔했지만 지지 않고 맞받아쳤다고 한다.

"있어!"

"대봐, 대봐아."

"지금은 없어. 하지만 곧 있어!"

"하이고, 지금은 없는데 곧 있으셔? 그러시겠지. 나도 백일 후에는 수능 만점 맞을 거거든?"

"시끄러, 진짜 있어!"

그리고 내 입에서 나온, 나에 대한 나도 몰랐던 또 하나의 놀라운 비밀.

"나 이제 더 추워지면 곧 김치 돼. 김치가 된다고. 너 수능 만점 맞을 때 난 이미 김치일걸?"

순간 우리 앞뒤 테이블 사람들이 일제히 웃었다고 한다. 사람들이 언젠가부터 계속 듣고 있었다는 걸 안 친구들은 말할 수 없이 부끄럽고 속상해서 한 명은 원이의 입을 막고 한 명은 나를 끌고 밖으로 나가 강제로 싸움을 종료시켰다. 얘들아… 진작 그랬어야지…. 대체 왜 계속 놔둬서 내가 터진 입으로 저런 말을 뱉는 지경까지 가게 만든 거냐…. 친구들이 저 대목까지 말했을 때 내가 등교하기 전에 이 이야기를 몇 번은 들었을 친구들과 처음 들은 친구들 모두가 술집의 손님들처럼 일제히 웃음을 터트린 덕분에 현장의 생생함마저 전해져 나는 더더욱 비참한 기분이 되었다.

당연하게도 그 이후 나의 별명은 '배추'가 되었다가 점점 '김치' 쪽이 더 호응을 얻어 최종적으로 '김치'가 되었다. 시간이 흐를수록 배추가 숙성해서 김치로 변해가는 생태를 반영해준 것 같은 아이들의 배려에 눈물이 났다. 고춧가루와 마늘 같은 센 항균물질로 버무려져 염도와 산도가 높은 혹독한 환경 속에서도 끝까지 살아남는 김치 유산균의 생명력을 이어받아 '김치'라는 별명은 꽤나 오래갔다. 재작년까지도 내 페이스북에 "은김치~", "김치야~"라고 부르는 댓글이 드문드문 보였으니 말 다 했다. (이런 사정을 모르는 내 친구 하나가 댓글을 단 친구들이 나를 '김치녀'라고 멸칭한 줄 오해했던 작은 사건도 있었다. 충분히 오해할 만했기에 지금은 다들 그 별명 부르는 걸 조심하고 있다.)

그날 결석할 줄 알았던 원이는 점심시간이 지나서 나타났다. 밤새 토사곽란에 시달렸고, 결국 병원에 들렀다 왔다고 했다. 나와 싸운 일은 당연히 기억 못 했다. 인생 첫 음주에 크게 데인 원이는 평생 술을 마시지 않을 거라고 단언했다(실제로 그는 이십 대 초반까지 이 다짐을 지켰고 언젠가부터 조금씩은 마셨지만 끝내 술을 즐기지 못했다).

나도 원이처럼 술에 완전히 질려버렸다. 화장실에서 보낸 포스트모던한 밤은 끔찍했고, 통제하지 못하는 상황을 두려워하는 나로서는 기억이 툭툭 끊기는 경험도 끔찍했고, 다음 날의 숙취, 숙취로 인한 두통 역시 끔찍하기는 마찬가지였다. 내가 또 술을 마시면 인간이 아니라고 혼자 조용히 이를 갈았다. 어릴 때 멋모르고 마신 술로 고생한 경험이 트라우마로 남아 어른이 되어서도 술을 별로 좋아하지 않는 경우를 종종 들어봤기 때문에 나도 그런 삶의 첫발을 내디딘 거라고 생각했다. 한동안 텔레비전에서 술 광고, 특히 소주 광고만 보면 그날 마셨던 술과 음식들이 되새김질하는 소처럼 위장에서부터 신물과 함께 다시 올라오는 것 같았다.

하지만 나는 술꾼의 운명을 타고난 모양이었다. 2주 정도 지나자 입가에 맴돌던 술맛과 취기가 오르기 시작했을 때의 엷은 흥분, 들떠서 떠들던 분위기들이 생각났다. 그러니까, 술 생각이 났다. 속담도 생각났다. 첫술에 배부르랴? 술이 또 마시고 싶었다. 잘 조절해서 그렇게 취할 때까지만 마시지 않으면 괜찮지 않을까? 수능이 끝나면 좀 더 마음 편하게 마실 수 있겠지만 원래 음주처럼 금기를 어기는 일은 '쫄리는' 상황에서 더 재미있는 법이다.

그래서 수능 D-80일을 앞두고, 친구들에게 백일주도 먹었으니 이번에는 '80일간의 세계일주(酒)'를 먹자고 제안했다. 신경 써서 지은 만큼 나는 이 이름이 꽤나 마음에 들었다. 하지만 친구들은 나를 힐난과 경악의 눈으로 쳐다봤다. 특히 원이는 나를 사람 취급도 안 했다. 말을 한다고 해서 다 사람이 아니라는 걸 원이도 비로소 알게 된 것 같았다….

'80일간의 세계일주'는 이루지 못했지만 성년이 된 이후 지금까지 무수히 많은 술의 나날이 펼쳐졌다. 80일간의 연속 음주도 있었고(세어보진 않았지만 더 길었는지도 모른다), 세계일주는 못 해도 세계맥줏집에는 몇 번 갔다. 하지만 첫 음주의 그날처럼 철학적이고 신비로운 술자리는 없었다. 나는 여전히 궁금하다. 왜 하필 배추였을까?

나는 이 문제에 대해 친구들이 예상한 것보다는 훨씬 자주, 다각도로 고민해봤다. 나의 일상을 가장 잘 알고 있던 진이도 옆에서 도와줬다. 백일주를 마시던 날 테이블 위에 올려져 있던 안주들부터 일주일을 거슬러 올라가서 내가 먹었던 음식들, 읽은 책들, 나의 심리 상태, 그 밖의 자잘한 경험들을 샅샅이 뒤졌지만 배추의 흔적은 단 한 포기도 찾지 못했다. 그렇다고 배추나 김치를 특별히 좋아한 것도 아니었다. 싫어한 것도 아니었다. 아니, 애초에 배추에 대해 1초 이상 생각해본 적이 없었다. 이렇게 무취향적이고 무특성한 채소가 또 있을까. 이 무취향적이고 무특성함이 오히려 나를 오랫동안 이 문제에 집착하게 만들었다. 차라리 쑥갓이나 아욱, 하다못해 시금치처럼 자기주장이 강한 채소였다면 아, 뭐, 내가 쑥갓 같은 데가 있지, 그래, 뭐, 나한테 아욱 같은 분위기가 좀 있지, 라고 대충 생각해버리고 넘겼을 텐데.

　　나는 여전히 궁금하다. 어느 날 만취한 내 입에서 배추라는 단어가 다시 나오기를 내심 기다리고도 있다. 20년째 기다리고만 있는데 하필 배추라서 '포기'할 수도 없다.

소주 오르골

술에는 맛도 있고 향도 있지만 소리도 있다. 술을 사랑하는 사람들은 술이 내는 소리까지도 사랑한다. 캐럴라인 냅이 『드링킹, 그 치명적 유혹』이라는 책에서 "와인 병에서 코르크가 뽑히는 소리, 술을 따를 때 찰랑거리는 소리, 유리잔 속에서 얼음이 부딪히는 소리"를 사랑한다고 말한 것처럼.

소맥을 말 때 숟가락으로 유리잔의 바닥을 내리치는 소리는 유난스러워서 싫지만, 젓가락으로 아랫술을 윗술 쪽으로 휘젓는 소리는 좋다. 샴페인 뚜껑이 펑 하고 날아가는 소리는 무서워서 싫지만, 잔에 따라진 샴페인에서 기포가 보글대며 힘차게 움직이는 소리는 좋다. 축구를 하고 난 후 목이 탄 축구팀 언니들이 여기저기서 다급하게 맥주 캔 따는 소리는 그렇게 경쾌할 수가 없고, 단숨에 들이켜지는 맥주가 목울대를 넘어가는 소리는 그렇게 호쾌할 수가 없다.

하지만 뭐니 뭐니 해도 가장 좋아하는 소리는 소주병을 따고 첫 잔을 따를 때 나는 소리다. 똘똘똘똘과 꼴꼴꼴꼴 사이 어디쯤에 있는, 초미니 서브 우퍼로 약간의 울림을 더한 것 같은 이 청아한 소리는 들을 때마다 마음까지 맑아진다.

오직 새로운 병의 첫 잔을 따를 때만 나는 소

리라는 점에서 애달픈 구석도 있다. 다음 소리를 들
으려면 소주 한 병, 그러니까 소주 일곱 잔을 비워
야 하는데, 여러 명이서야 금방이지만 둘이서 마실
때는 지나치게 오래 기다려야 하는 것이다(나는 술
을 매우 천천히 마시는 편이다). 게다가 퇴근 후 두
명이서 만나 잠깐 마셔봐야 세 번이나 들을 수 있을
까? (나는 특별한 일이 없는 한 평일에는 일찍 술자리
를 파한다. 특별한 일이 지나치게 자주 생기기는 하지
만….) 애석한 일이 아닐 수 없다.

　　하루는 친구와 소주 두 병을 나눠 마시고 나서
이대로 자리를 파할까 말까 고민할 찰나에 친구가
은근한 목소리로 말했다. "소리 한 번 더 안 듣고 가
도 되겠어?" '한 병 더 시켜서 마시다 가자'는 완곡
한 표현이었겠지만(친구는 문학적인 표현이라고 주
장했다), 꼭 집어서 '소리'를 미끼 삼아 나를 뉘으려
는 질문을 받으니 어쩐지 이건 소주가 내게 던지는
도전장처럼 느껴졌다. 소주 첫 잔 소리의 빈도, 이대
로 좋은가!
　　평일이라 일찍 들어가려고 했는데, 진짜로 그러
려고 했는데, 이날은 이 문제를 좀 짚고 넘어갈 필요
가 있을 것 같았다. 그러니까 특별한 일이 생긴 것이

다(특별한 일이 지나치게 자주…). 일어서려던 나는 그대로 자리에 눌러앉으며 바로 소주를 주문했다. 한 병이 아닌 두 병을. 평소에 '이렇게 하면 될 것 같은데?'라고 막연히 생각했던 걸 이날만큼은 실제로 시도해보고 싶었다. 소리로 나를 도발한 친구이니만큼 적극 협조해줄 것 같았다. 바야흐로 가설 검증의 때가 왔다. 소주 두 병도 왔다.

먼저 한 병을 따서 첫 잔을 따랐다. 다른 병을 따서 또 첫 잔을 따랐다. 똘똘똘똘 소리가 두 번 연속 스쳐 갔다. 나는 잔을 얼른 비운 다음 나의 소주병A의 술을 친구의 소주병B에 부어 원래대로 채워 넣었다. 그렇게 꽉 채워진 소주병B를 기울여 나의 잔에 따랐고….

똘똘똘똘똘똘똘똘.

났다! 소리가. 소리가 났다! 이렇게 '만들어낸' 소리는 또 왜 이리 유난히 아름다운지. 소나기 아래서 빗물을 빨아들이는 나무의 요정 같은 소리가 테이블 위로 잔잔히 퍼졌다. 나는 신약 발견에 성공한 과학자처럼 소주병을 테이블에 놓자마자 두 팔을 높이 치켜들고 승리의 만세를 불렀고, 친구는 고개를 절레절레 저으면서도 진심으로 축하해줬다("좋겠네…"). 이게 뭐라고 진작 해보지 않았담. 역시 똘똘똘똘 소리는 가느다란 병목을 빠르게 빠져나가려는 소주와 두꺼운 몸체에서 천천히 빠져나가려는 소주의 속도 차로 만들어지는 것이었다. 그러니까 우리가 계속 병목까지 채워가며 마시는 한, 소주 한 병을 마시는 내내 이 소리를 들을 수 있는 것이다. 브라보! 브라보, 병목현상!

이날 이후부터 나는 그렇게 해도 '부끄럽지 않은'(매우 중요한 조건이다. 저 실험의 현장에 있었던 친구조차 나를 조금 부끄러워했으므로…) 친구와 술을 마실 때는 항상 소주 두 병을 한꺼번에 주문한다. A병을 기울여 B병에 소주를 부어 넣을 때마다, 좁은 소주병 입구 바깥으로 한 방울이라도 흘릴세라 고도의 집중을 하며 부어 넣을 때마다, 늘 마음이 설렌다. 곧 아름다운 소리를 낼 오르골의 태엽을 감는 기분이다.

똘똘똘똘 소리 하나 듣겠다고 소주 한 잔 마실 때마다 그렇게까지 번거로울 일인가 싶겠지만, 이상하게도, 이런 유의 쓸데없어 보이는 일에 집요해지는 나를 볼 때가 나, 잘 살고 있구나, 라는 가느다란 뿌듯함이 드는 몇 안 되는 순간이다. 게다가 차가 막히거나 컴퓨터가 느려지거나 조직의 원활한 흐름을 방해하는 등 대부분 부정적인 상황을 초래하는 병목 현상이 이렇게 아름다운 소리를 만들어내기도 한다는 사실에서, '세상에 다 나쁘기만 한 것은 없다'는 교훈을 우리는 소주 첫 잔을 받아들며 다시 한번 엄숙히 새길 수도 있다.

한 병을 다 비우고도 소주 오르골 소리를 더 듣고 싶다면? 추가로 C병을 주문하면 된다. 그 두 병으로 똑같이 하는 것이다. 단, 이 방법의 단점은 술의 온도다. 이미 진작부터 테이블 위에서 미지근해져 있던 B병의 술이 C병의 시원한 맛을 죽이기 때문이다. 이게 싫다면 과감하게 한 병이 아닌 두 병, C병과 D병을 주문하자. B병은 뚜껑을 닫아 가방에 넣어 집에 가져가서 냉장고에 넣어두면 된다. '새 술은 새 부대에 헌 술은 내 가방에'라는 말도 있지 않은가.

첫 번째 세트에서 남은 B병과 두 번째 세트에서 남은 D병을 둘이서 사이좋게 하나씩 가방 속에 넣고 헤어지면, 마치 소중한 목걸이의 펜던트를 반쪽씩 나눠 가진 것처럼 돈독해진 우애를 느낄 수 있다…기보다 훗날 집에서 불현듯 술이 마시고 싶지만 나가서 사 오기는 귀찮은 순간이 왔을 때 맞다! 그날 가져다 놓은 게 있었지! 손뼉을 치며 과거의 나를 사랑하게 될 것이다. 물론 술 빼놓는 것을 잊어버린 채 그 가방 그대로 들고 출근했다가 별생각 없이 회사 동료들 앞에서 가방을 여는 일이 생긴다면 과거의 나를 매우 원망하게 될 것이다. 가방 속 소주 한 병과 복잡한 회사 동료들의 얼굴을 황망히 바라보며 '세상에 다 좋기만 한 것은 없다'는 교훈을 다시 한번 엄숙히 새길 수도 있다….

주사의 경계

술을 매우 사랑하고 자주 마시지만 주사는 거의 없다. 주사라고 할 만한 것을 부린 건 살면서 네 번 정도? 물음표를 붙이고 '정도'라는 애매한 말을 쓴 이유는 술꾼들의 기억에 절대적인 것은 없기 때문이다. 나도 기억 못 하고 옆에서 본 사람도 기억 못 하는 주사가 있을지 모른다는 가능성을 끝까지 배제할 수 없다. 술꾼 인생 20년에 네 번이면 평균 5년에 한 번 꼴인데, 말하자면 대통령이 바뀔 때마다 주사를 부린 셈이다. 그렇다고 정권에 휘둘려 주사를 부렸던 건 아니다. 첫 주사(백일주의 그날)와 일단은(?) 마지막 주사의 간격이 6년이니, 술꾼 인생 초반부에 주사가 집약되어 있는 모양새다. 물음표를 붙이고 '일단은'이라는 애매한 말을 쓴 이유는 술꾼들의 미래에 절대적인 것은 없기 때문이다. 지금 나는 14년째 분출을 멈춘 활화산일지도 모른다는 가능성 역시 배제해서는 안 된다. 그래서 주사를 더욱 경계하고 있다.

주사를 경계하는 것도 중요하지만, 주사의 경계를 정하는 것도 중요한 문제다. 사회인으로서 공사 구분만큼 철저히 해야 하는 게 주사 구분이다. 술꾼들끼리 취했다, 안 취했다 티격태격하는 것도 이 때문이다. 어디까지를 주벽 혹은 술버릇으로 보고 어디까지를 주사로 볼 것인가는 술꾼들 사이에서도 의

견이 분분하다. 사전을 빌려보면 주사를 '술 마신 뒤에 버릇으로 하는 못된 언행'이라고 하는데, 일상에서 쓰는 '주사'의 용례에 비해 지나치게 협소하다. 나에게 있어 '주사'란, 그 행위로 인해 타인에게 '얼토당토않은' 영향을 끼치는 걸 뜻한다. 주사 분류법을 설명하기 위해 몇 가지 예를 들어보겠다.

　　나에게는 만취하면 튀어나오는 몇 가지 버릇이 있는데, 가장 흔하게는 편의점이나 슈퍼에 들러 자잘하게 뭔가를 꼭 사 들고 나온다. 대부분 쓸데없는 물건이다. 이를테면 붓펜 같은 것. 캘리그래피에 취미가 있는 것도 아니고 내가 붓펜으로 대체 뭘 하겠는가. 그래도 가끔씩 쓸데없지만은 않은 물건을 고를 때도 있다. 몇 주 전에는 슈퍼에 들어가서 열 개들이 약과 한 통을 사 들고 나왔고(여기까지는 기억난다), 집에 돌아와서는 T의 만류에도 무릅쓰고 약과니까 약통에 넣어야 한다며 기이이 비상약통 뚜껑을 열고 그 안에 약과들을 넣었다고 한다(이 부분은 기억이 안 난다). 그랬다가 어제 아침 반창고를 찾으려고 약통을 열었더니 약과들이 잔뜩 들어 있어 정말 황당했는데… 그렇다면 이건 주사인가 아닌가.

　　내 분류법에서 이건 주사가 아니다. T를 어이없게 만들기는 했지만 그게 T에게 딱히 큰 영향을 주지는 않았으며, 큰 영향을 받았대도, 그 정도 주사는 T도 밖에서는 멀쩡한 척하다가 집에 와서는 종종 부리는 수준이므로 T는 이해할 의무가 있다. 하지만 만약 내가 아파서 누워 있는 T에게 약과를 뜯어 내밀며 약 사 왔으니까 지금 당장 물이랑 같이 먹으라고, 약을 사 왔는데 왜 먹지를 못하니 바락바락 권했다거나, 집에 오는 길에 동네 사람들을 붙잡고 약과를 약이라고 약을 팔았다면 그건 주사가 맞다.

비슷한 맥락에서 만취해 돌아오는 길에 내일 해장할 생각으로 라면을 샀고, 후후, 이렇게 취했어도 내일을 준비하다니, 나는 정말 프로 술꾼!이라는 우쭐함과 함께 잠들었는데, 다음 날 끓이려고 꺼내 보니 라면 과자인 '뿌셔뿌셔'였다는 걸 깨닫고 황망했다면? 물론 '뿌셔뿌셔'를 끓여 먹는 사람도 있긴 하다지만 별로 그러고 싶지는 않다. 그건 미술을 좋아하고 탁월한 재능마저 있는 자식에게 법대를 강요하는 부모 같은 일이다. 뿌시라고 두 번씩이나 말하고 있는데 왜 굳이 끓인단 말인가. 어쨌거나 중요한 건 이건 주사는 아니라는 것이다. 하지만 내가 술 취한 상태로 라면인 줄 알고 '뿌셔뿌셔'를 끓여 친구들에게 안주로 내갔다면 그건 주사가 맞다. 물론 그쯤 되면 걔들도 이미 많이 취해 있어서 뭐가 이상한지 모른 채 맛있게 먹고는 그날 라면을 먹었다고 평생 기억하게 되겠지만(이래서 나도 기억 못 하고 옆에서 본 사람도 기억 못 하는 주사가 있을지 모른다는 가능성을 내려놓을 수가 없다).

여기까지가 내가 생각하는 주사의 경계고, 내가 20년 동안 저질렀다는 네 번의 주사는 이 원칙에 입각해서 나온 숫자다. 이 숫자를 많다고 생각하는 사람들은 내가 술버릇이 깔끔한 편이라고 좋아하지만(그렇다고 깔끔하다고 하기에는 내 주사의 경계가 교묘하게 느슨하다는 느낌을 지울 수 없어 좀 찔린다), 이 숫자를 적다고 생각하는 사람들은 '깍쟁이'처럼 술 마셔서 얄밉다며 술꾼으로 쳐주지도 않는다. 주사의 경계 직전까지는 충분히 흐트러지는데도 말이다! 누군가는 네 번이라는 턱없이 작은 숫자도 어이없지만 주사 분류법이 저렇게 뚜렷한 것 자체가 술꾼으로서 이미 글러먹은 거라고 혀를 찼다. 내가 좋아하는 술친구들은 대체로 후자에 해당하기 때문에 나는 종종 억울하다.

그러나 어쩔 수 없다. 나는 주사가 두렵다. 다른 사람이 부려놓는 주사의 뒤치다꺼리를 하는 편이 훨씬 낫다. 생물학적인 만취가 불러오는 여러 결과 중에 주사가 포함되어 있다는 걸 고려하면, 주사는 싫든 좋든 술꾼을 이루는 필연적 구성 요소겠지만, 나는 가능하다면 내가 정해놓은 주사의 경계 안에서만 마음껏 흐트러지고 싶다. 어쩌면 마음껏 흐트러지고 싶어서 경계를 정해놓은 것인지도 모른다. 경계가 뚜렷이 있어야만 그 안에서 비로소 마음 놓고 자유로울 수 있는 사람도 있으니까. 중력의 영향권 안에서 허공을 날 때는 자유롭지만, 무중력 상태가 되면 몸을 잘 움직이지 못한 채 단지 허공에 떠 있을 뿐인 것처럼.

처음부터 경계를 정해놨던 건 아니다. '일단은' 마지막 주사로 기록된 14년 전 어느 날의 다짐이 어쩌다 보니 계속 이어져오고 있을 뿐이다. 대체 그때 왜 그런 다짐을 했을까? 다음 장은 바로 그에 관한 이야기다.

술 마시고 힘을 낸다는 것

사람마다 인생에서 '암흑기'라고 부를 만한 유독 힘든 시기가 있기 마련이다. 나에게는 이십대 초반에서 중반으로 넘어가던 시기가 그랬다. 공황발작이라는 것도 그때 처음 겪었다. 딱히 치명상을 입을 만한 일이 있었던 건 아니다. 같거나 다른 색깔을 가진 크고 작은 일들과 몇 가지 상황이 있었을 뿐이다. 그래서 얕봤던 것 같다. 사실은 그것들이 전부 인생의 얄궂은 규칙에 따라 배치된, 저 멀리서 바라보면 '우울증'이라는 글자를 선명하게 드러내고 있는 카드 섹션 같은 것이었다는 건, 그 시기에서 빠져나와 멀리멀리 걸어가던 어느 날 문득 뒤돌아보고서야 알았다. 원래 카드섹션이라는 게 그 한복판에 서서 눈앞에 있는 카드 낱장들을 하나하나 볼 때는 대체 이게 뭘 가리키는지 별 의미도 연관도 없어 보이니까. 그래서 더 힘들었던 것 같다. 나의 깊은 우울에 붙일 이유조차 마땅히 없어서. 분명히 못 견디게 무거운데 정작 텅 비어 있는 주머니에 손을 넣었다 뺄 때마다 그 냉혹한 '없음'에 소스라치게 쓸쓸해져 곧잘 친구들과 술을 마시곤 했다.

　매번 아주 즐겁게 마셨다. 간을 빼놓고 온 토끼처럼 우울함만 쏙 빼놓고 모든 술자리에 임했다. 그 누구에게도 나의 상태에 관해 단 한 마디도 하지 않은 건 손에 잡히는 이유가 없어서만은 아니었다. 누군가를 붙잡고 울며불며 고통을 호소하는 건 너무 뻔해 보였다. 안 그래도 비참한데 뻔하기까지 한 건 싫었다. 그냥 그때는 이렇게 힘들어도 티내지 않는 것이, 이렇게 힘들어도 누구에게 기대지 않고 혼자서 꿋꿋하게 '어른다운 방식'으로 넘어가고 있다는 그 기분이, 세상에게 부릴 수 있는 유일한 자존심이었다. 어렸다. 매우 어렸다. 빈 주머니에 그런 쓸데없는 똥자존심이라도 욱여넣어야 할 정도로. '감춤'으로써 그것은 나만 아는 은밀한 성장처럼 느껴졌다. 그런 느낌이 거짓이라고 해도 상관없었다. 어차피 간을 빼놓고 온 토끼도 거짓이니까.

　말하지 않았어도 친구들은 눈치채고 있었다. 하지만 그들 또한 모르는 척 넘겨주는 게 가장 '어른다운 방식'이라고 생각했기에 내가 필요한 순간마다 그저 함께 술을 마셔줬고 마냥 놀아줬다. 그게 또 무척 고마웠다.

　그날은 유독 빨리 취했다. 치과에서 치료를 받고 온 게 화근이었다. 정확히 말하면 치과에서 '치료한 부분에 술이 닿으면 좋지 않다'며 금주를 권한 걸 어긴 게 화근이었다.

오, 금주 이유가 그거야? 그럼 안 닿게 마시면 되는 거잖아? 그래서 치료한 부분에 술이 닿을세라 소주를 입에 머금을 새도 없이 목으로 바로 들이부어 꿀딱꿀딱 삼켰다. 평소보다 조금 빨리 취한다고 느꼈을 때 칼같이 소주에서 맥주로 주종을 바꾸는 판단력과 결단력도 발휘했다. 맥주는 소주와 달리 목으로 바로 들이붓기 어렵다는 벽에 부딪혔지만, 적벽에 부딪힌 제갈공명이 바람의 방향을 바꿨듯이 나는 빨대를 사용해서 입속에 들어오는 술의 방향을 치료 부위 반대편으로 흘려 넣는 것으로 위기를 넘기기까지 했다. 으하하, 나 천잰데? 어떻게든 술을 마시겠다는 집요함까지 있어! 전국의 치과 의사들이여, 금주령을 내리기 전에 빨대를 권하십시오!라고 의기양양 신난 것도 잠시. 그동안 소주를 입안에 잠깐이나마 머금었던 그 시간들이 그나마 음주 속도를 늦추는, 물 위에 뜬 수양버들잎이었다는 것을, 술은 빨대로 마시면 더 빨리 취한다는 것을 깨달았을 때는 이미 늦었다.

　그날따라 노래방에는 왜 갔는지 모르겠다. 나는 엄청난 음치에 노래 부르는 걸 즐길 줄도 모르는 사람이라 내가 노래방에 가는 건 셜록 홈즈가 범죄 없는 나라로 이민 가는 것만큼이나 비생산적인 일이기 때문이다. 아마 취기를 좀 걷어내야겠다고 생각한 것 같다. 보통 그런 목적으로 내가 자주 찾는 곳은 오락실이지만 "노래방에 같이 가주면 무조건 네가 선택하는 노래들만 부르겠다"는 친구들의 꼬임에 넘어가준 것도 같다.

노래방에 들어서자마자 친구들은 리모컨을 아예 나에게 던져줬다. 2000년대 초반 노래방에서 종종 볼 수 있는, 둥그런 원형에서 아랫부분이 네모나게 움푹 들어가 꼭 거꾸로 된 턱받이처럼 생긴 리모컨이었다. 그것을 내내 붙들고 내가 듣고 싶은 노래, 친구들이 부르고 싶을 게 뻔한 노래의 번호들을 열심히 눌러댔다. 탬버린 삼아 신나게 흔들기도 했다. 하지만 어쩐지 취기는 점점 심해져서 친구들이 늘 마지막 곡으로 부르는 김윤아의 〈봄날은 간다〉가 울려 퍼질 즈음에는 형편없이 취해 있었다.

설핏 잠이 들었던 것 같다. 꾸벅꾸벅할 때마다 세상의 경계선 위에 세워진 그네를 타고 있는 것처럼 앞으로 가면 저 세상으로 넘어갔다가 뒤로 오면 이 세상으로 돌아오기를 거듭하다가, 어느 순간 그네에서 툭 떨어지듯이 현실로 돌아와 눈을 번쩍 떴다. 여긴 어디지. 노래방에서 눈이 아파 렌즈를 빼는 바람에 살짝 뿌연 시야로 가장 먼저 들어온 건 유리 화면. 화면 속에 좍 뻗은 도로와 도로의 흰 선. 그리고 내 손의 핸들. 아, 오락실이구나. 노래방에서 원 없이 논 친구들이 나를 위해 다음 차로 오락실에 온 모양이다. 역시 술 깨는 데는 노래방보다는 오락실이지! 더구나 자동차 게임은 DDR과 테트리스 다음으로 내가 좋아하는 게임이었다.

도로 위 흰 선이 내 쪽으로 쏟아져 내리는 걸 보니 진작 게임이 시작된 것 같았다. 술이 취한 상태에서 낯선 화면에 낯선 핸들이라 약간 당황했지만 오락실마다 천차만별인 게 자동차 게임이고 내가 언제는 아는 게임만 골라가면서 했다고. 자동차 게임 이름 하나 외울 줄 아는 게 없으면서. 지금까지 꾸벅꾸벅 졸면서도 어떻게 잘 굴러가게 하고 있는 걸 보면 그동안 이 게임 저 게임 닥치는 대로 해왔던 가락으로 대충 잘하고 있었나 보다. 게다가 이제 정신도 차렸겠다(과연 이걸 차렸다고 할 수 있을지 모르겠지만…), 원래 이런 게임은 몇 번 부딪히고 뱅글뱅글 돌고 차가 뒤집히면서 배우는 법이다. 죽으면 다시 동전 넣으면 되지!

…라고 대범하게 게임에 임했지만 이내 당황했다. 오른쪽으로 굽은 길이 나와서 핸들을 꺾었는데

화면이 틀어지지 않았기 때문이다. 어? 왜 이래? 이렇게 돌리는 것만으로는 안 되는 건가? 헤매는 사이에 굽은 길로 접어드는 초입이 몇 미터 앞으로 다가왔고, 이러다가는 연석 비슷하게 생긴 장애물에 부딪히고야 말 것이다. 저절로 다급한 비명이 나왔다.

"안 돼애애! 안 돼! 오른쪽으로 가! 오른쪽!"

핸들을 더 홱 돌리며 손가락으로 오른쪽에 달린 버튼들을 아무렇게나 마구 눌러댔다. 그러자 비로소 화면이 오른쪽으로 틀어지더니 도로를 빙 둘러 완만한 커브를 그리며 돌기 시작했다.

"오, 돈다! 돈다아아아! 그렇지!"

핸들을 꺾어서만 되는 게 아니라 버튼을 눌러야만 하는 모양이었다. 요령을 터득하고 나니(과연 이걸 터득했다고 할 수 있을지 모르겠지만…) 갑자기 흥이 확 올랐다. 좀 더 속도를 내고 싶어 직선 도로가 다시 눈앞에 펼쳐지자마자 환호성을 내지르며 버튼들을 두두두두 두들겨댔다.

"가자! 빨리! 더 빨리!"

속도가 조금 나는 것도 잠시, 화면이 오른쪽 옆 차선으로 슬쩍 미끄러져 들어가더니 계속 오른쪽으로 나아갔다. 이렇게 계속 가다가는 옆옆옆 차선에서 달리는 차와 부딪힐 것만 같아 또 다급해졌다.

"안 돼! 가지 마, 가지 마! 왼쪽으로 다시! 왼쪽! 왼쪽!"

핸들을 왼쪽으로 확 꺾으며 무조건 버튼들부터 두들겨댔다. 어찌나 몰입했는지 몸까지 들썩이고 있는데, 옆에서 웬 아저씨가 나에게 말을 걸었다(나중에 안 사실이지만 이미 그 전부터 계속 나에게 말을 하고 있었는데 내가 못 들었다고 한다). 차를 왼쪽으로 보내는 데에만 정신이 팔린 나는 화면에서 눈도 안 뗀 채 "뭐라고 하셨어요?"라고 건성으로 물었고 역시 건성으로 듣느라 자세한 내용은 놓쳤지만 그가 나에게 불만을 토로 중이라는 건 알 수 있었다.

"앗, 제가 지금 너무 시끄럽죠?"

"아니, 그게 아니고요. 운전을 하지 말라고요!"

"네? 운전을 하지 말라고요? 그게 무슨… 오오, 왼쪽으로 왔다, 왔어!"

"어휴 증말, 그거 아가씨가 왼쪽으로 운전한 게 아니라 내가 한 거예요!"

"네?? 이거… 2인용 게임…?"

"2인용? 아, 나 환장하겠네. 이봐요. 아가씨 지금 택시 타고 있다니까요. 내가 몇 번을 말해. 지금 택시라고요, 택시!"

"네???"

그제야 그쪽으로 고개를 돌리니 정말로 택시 기사복을 입은 한 남자가 운전을 하고 있었다.

  "야, 김혼비… 너 지금 뭐 하냐…?"

  뒤를 돌아보니 막 자다 깬 듯한 친구 둘이 멀뚱하게 나를 쳐다보고 있었다. 얘네가 언제부터 내 뒤에 있었지? 하지만 그건 지금 중요한 게 아니다. 중요한 건 걔들이 지금 뒷좌석에 앉아 있다는 것이다. 아니, 어떻게 뒷좌석이라는 게 지금 있을 수 있지? 대체 이게 뭐야… 갑자기 정신이 아득해지며 나는 의식의 끈을 다시 놓쳤다….

  나중에 들은 이후의 이야기는 이랬다. 상황을 파악하나 싶더니만 다시 강경해진 나는 기사님에게 이건 내 화면이고 아저씨 화면은 아저씨 앞에 있으니까 내 거 보지 말고 아저씨 화면이나 보라고 호통을 쳤고, 다시 엄숙하게 드라이버의 본분으로 돌아가 핸들을 이리 돌리고 저리 돌리며 자기만의 운전에 몰두했고, 난리통에 잠이 완전히 깬 친구들은 아니 근데 대체 쟤는 지금 뭘 돌리고 있는 거야? 살펴보다가 노래방 리모컨이라는 걸 깨달았고, 내 손에서 리모컨을 뺏으려고 몸을 일으켰다가 그러면 위험하니까 그냥 놔두라고, 황당하고 보기 안쓰러워 그렇지 괜찮으니 그냥 놔두라는 기사님의 말에 거듭 사과를 했고, 그러거나 말거나 나는 계속 저가 운전하고 있는 줄 알고 차가 원하는 방향으로 움직일 때마다 뛸 듯이 기뻐했고("너석, 시합 중에 점점 강해지고 있어!"), 중간에 잠깐 정차했을 때는 동전 떨어졌으니 빨리 넣어야 한다고 가방을 엎었고, 겨우 집에 도착했더니 집도 몰라보고 대체 저기가 어딘데 나더러 자꾸 저 안으로 들어가라고 하는 거냐고 뻗댔다. 결국 친구들이 나를 끌어내 집 안으로 짐짝처럼 밀어 넣으며 상황 종료.

상황은 종료되었지만 괴로움은 이제 막 발사되어 한없이 앞으로 쭉쭉 뻗어 나갔다. 아예 기억이나 안 나면 그나마 나을 텐데 드문드문 떠오르는 주제에 지나치게 선명한 기억들이 나를 더욱 괴롭혔다. 어쩐지 화면 속 풍경들이 매우 생생하더라니. 나는 내가 취해서 그런 줄 알았지. 화면이 너무 느리게 움직이더라니. 나는 내가 취해서 그런 줄 알았지. 주변이 너무 조용하더라니. 나는 내가 취해서 그런 줄 알았지! 만취한 사람들이 세상의 이상한 일들에 보이는 이 넉넉한 관용은 본인이 이미 이상한 인간이 되어 있기 때문일 것이다. 아니, 게다가 핸들은 어딘가에 고정조차 되어 있지 않았고, 원형이라는 것 말고는 핸들처럼 생기지조차 않았는데 어째서…. 보자기를 보면 망토라고 여기고 무조건 몸에 휘두르고, 모든 입 달린 인형들에게 말을 거는 세 살 조카도 저러지는 않았을 것이다. 리모컨을 왜 들고 나와 가지고는….

잠깐만. 리모컨? 그러고 보니 리모컨이 보이지 않았다. 현관 앞 바닥에 아직도 아무렇게나 내팽겨쳐져 있는 가방을 잽싸게 열어봤다. 없는 건 리모컨뿐이 아니었다.

지갑, 지갑은 어딨지? 큰일이네. 당황해서 한참을 허둥대던 나는 잠시 마음을 가다듬고 따져보았다. 그래, 뭐, 지갑 안에 현금도 얼마 없었고, 당시 나는 신용카드도 없었기에 크게 문제될 건 없을 것 같았다. 그렇게 생각하고 나니 리모컨 쪽이 훨씬 더 신경 쓰이기 시작했다. 아, 어쩌지. 그거 노래방에 돌려줘야 하는데. 친구들에게 전화를 걸어보니 내가 너무 엉망이어서 상대적으로 멀쩡해 보였을 뿐 자기네들도 꽤 취해서 잘 기억이 나지 않는다고 했다.

"지갑은 어제 동전 넣어야 한다고 네가 동전 찾으면서 꺼냈었는데…."

"택시에 두고 내린 거 아닐까? 얼른 전화해봐."

어제 피곤해 죽겠다며 빨리 집에 가자고 택시

를 부른 것도 나였다고 하고, 노래방 근처에 다다른 기사님이 위치 확인차 건 전화를 받은 것도 나였다고 하니까(필름이 끊긴 와중에 잘도 그런 일들을 했군) 핸드폰에는 그의 번호가 남아 있을 터였다. 전화를 끊고 통화 내역을 보니 실제로 있었다. 친구 말대로 당장 그에게 전화를 걸었…을 수는 없었다. 야, 말이 쉽지… 너라면 전화를 걸 수 있겠냐…. 아, 우리는 왜 그냥 스쳐 지나가는 인연일 수 없는 건가요. 왜 그 꼴을 옆에서 본 사람과 다음 날 전화 통화를 해야 하는 걸까요. 그가 지갑을 가지고 있다 한들 지갑을 받으면서 얼굴도 봐야 하는 건가요. 지갑은 그렇다 치고 그에게서 '핸들'을 건네받을 때는 대체 어떤 표정을 지어야 하나요.

괴로움에 몸부림치며 시간만 보내고 있는데 모르는 번호로 전화가 왔다. 기사님 번호는 아니었다. 받아보니 뜻밖에도 "안녕하세요, 여기 '다시는오지마(가칭) 노래방'인데요"로 시작하는, 노래방 사장 언니의 전화였다. 리모컨 때문이구나. 그랬다. 리모컨 때문이었다. 하지만 리모컨은 노래방에 무사히 돌아가 있었다, 내 지갑도 같이. 나중에 조수석 바닥에서 그 둘을 발견한 기사님이 노래방으로 되돌아가 내 전화번호를 알려주며 놓고 가셨다고 했다. '지금 전화해봤자 대화라는 걸 할 수 있는 상태가 아니니 내일 하는 게 좋겠다'라는 당부와 함께.

"근데 어제 리모컨이 핸들인 줄 알고 옆에서 운전을 했다면서요? 푸풉(웃음을 참으시며). 기사님이 그 얘기를 여기서 한참 하다 가셨어요. 그 리모컨으로 집까지 운전해 가셨다고. 옆 가게에서 친한 동생 놀러오니까 그 얘기를 처음부터 다시 하셔서 꽤 오래 있다 가셨어요. 그러고 보니 이거 진짜 장난감 핸들 같기는 하네, 아하하하(결국 못 참으셨다)."

네, 좋은 소식 감사합니다…. 그나저나 기사님은 그 새벽에 누굴 붙잡고 얼마나 그 이야기가 하고 싶었으면. 왜 핸드폰에 남아 있을 내 전화번호로 연락을 하거나 연락 오기를 기다리지 않고 굳이 노래방에 되돌아가는 수고를 하셨는지 좀 의아했는데 어쨌든 노래방에서 즐거운 시간 보내셨다니 다행입니다…. 노래방은 원래 그런 곳이죠, 네….

기사님께 무척 고마웠다. 전화를 끊자마자 장문의 문자를 보냈다. 어젯밤 정말 죄송했다는 사과와 지갑 정말 감사하다는 인사를 담아서. 몇 시간 후. 그에게서 답이 왔다. 이모티콘 하나 없는 짤막한 답, "네. 힘내세요."

…힘…내세…요? 괜찮다, 알겠다, 다시는 마주치지도 말자, 뭐 이런 것도 아니고 힘내라고? 대뜸? '오락가락하는 정신으로 살기 힘드시겠지만 잘 살아보세요.' 뭐 이런 의미인가? 나는 그 답이 어쩐지 너무 웃겨서 혼자 대굴대굴 구르며 웃었고 친구에게 바로 전화를 했다. 이 정도 일도 당장 누구에게 말하고 싶은데 어젯밤 그는 오죽했을까, 한 번 더 생각하면서.

"으하하하, 힘내라고 하셔? 미치겠다, 진짜. 무슨 뜻이야 대체."

친구도 웃겼는지 숨넘어가는 소리를 섞어가며 폭소를 터뜨렸다.

"그러니까. 아, 웃겨. 다짜고짜 힘…."

이상한 일이었다. 웃음이 채 멎지도 않았는데 갑자기 목이 콱 메었다. 목소리를 가다듬으려는데 어찌 해볼 수 없는 속도로 눈물이 밀려오더니 순식간에 툭툭 바닥으로 떨어졌다. '힘' 다음에 이어서 하려던 말들이 입안에서 맴돌다 그냥 삼켜졌다. "'힘내세요'라니." 이렇게 말하려고 했는데. '힘내세요'를 발음하려는데 자꾸 눈물이 나왔다. 그는 대체 왜 힘내라고 했을까. 별생각 없이 한 말일 수도 있다. 아니, 아마 그럴 것이다. 하지만 어디 여자가 그렇게 술을 먹고 다니냐고 꼰대 중년 남자 같은 훈계를 할 수도 있었다. 투덜댈 수도 있었고, 됐다고 퉁명스럽게 넘길 수도 있었고, 괜찮다고 심상하게 답할 수도 있었고, 그냥 '네'라고만 할 수도 있었다. 더 높은 확률로 아무 답도 하지 않을 수도 있었다. 그런데 힘을 내라고 했다. 하필.

나는 어려서부터 힘내라는 말을 싫어했다. 힘내라는 말은 대개 도저히 힘을 낼 수도, 낼 힘도 없는 상태에 이르렀을 때에서야 다정하지만 너무 느지막하거나 무심해서 잔인하게 건네지곤 했고, 나를 힘없게 만드는 주범인 바로 그 사람이 건넬 때도 많았다. 나는 너에게 병도 줬지만 약도 줬으니, 힘내. 힘들겠지만 어쨌든 알아서, 힘내. 세상에 "힘내"라는 말처럼 힘없는 말이 또 있을까. 하지만 이때만큼은 "힘내"라는 말이 내 혀끝에서 만들어지는 순간, 매일매일 술이나 마시고 다니던 그 시간들 속에서 사실 나는 이 말이 듣고 싶었다는 걸, 스스로에게 말하고 싶었다는 걸 깨달았다. 누가 무슨 의도로 말했든 상관없이. 그냥 그 말 그대로, 힘내.

마음을 고르면서, 그새 목소리에도 살짝 밴 물기를 괜한 헛웃음으로 말리면서, 통화를 계속하려는데 저편에서 친구가 욕과 함께 "아오, 씨, 모지리 같은 년. 이제야 우네"라며 저가 먼저 울기 시작했다. 아 뭐야, 뭐긴 뭐야, 울지 마, 너나 울지 마, 네가 먼저 울었잖아, 진작 그렇게 울었어야지 멍충아, 뭐야 울지 말라며, 됐고 그냥 조용히 울어, 싫어, 요즘 계속 힘들지, 그래 힘들다, 나 너무 힘들어 어허허허형, 힘내, 힘내라고 힘이 나냐, 그래도 힘내 꼭 어허허허엉. 전화를 붙잡고 둘이서 한바탕 울었다. 아, 진짜 끝까지 엉망진창이야….

그날 오후, 술병이 심해져 앓아누웠다. 그런 지독한 술병은 처음이었다. 며칠간 일은 물론이고 아무 데도 나가지 못했다. 지갑은 친구가 찾아다 주었다. 노래방 사장 언니를 마주치지 않아서 그건 참 다행이었다.

그날 이후 몇 달간 술을 입에 대지 않았다. 어쩐지 나는 좀 힘을 내기 시작했다. 당장에 나아진 건 아무것도 없었지만, 무너지기 직전의 다리를 가까스로 건너온 것 같은 기분이었다. 그리고 힘내라는 말과 그 비슷한 종류의 말들을 더 이상 싫어하지 않게 되었다. 그래서 누군가에게 그런 말을 할 수도 있게 되었다. 아무런 힘이 없어 누군가의 귀에 가닿기도 전에 허공에서 툭 떨어지는 말일지라도, 때로는 해야만 하는 말이 있다. 해줄 수 있는 게 이런 쉬운 말밖에 없을지라도, 이런 쉬운 말이라도 해야만 하는 순간이 있다. 언젠가 가닿기를, 언젠가 쉬워지기를 바라는 누군가의 소망이 단단하게 박제된 말은 세상에 있는 것이 없는 것보다는 나으니까. 바닥에라도 굴러다니고 있으면 나중에 필요한 순간 주워 담아갈 수 있으니까. 지금 당장은 아니더라도 어쨌든 우리는 언젠가 힘을 내야만 하니까. 살아가려면.

누구도 응답할 수 없을 것 같아 호소해보지도 않던 고통이었는데, 출발도 하지 못한 레이스의 끝에 응답이 먼저 도착해 있었다. 응답이 나의 출발점이 되어주었다. 하여튼 끝내주는 레이스였다니까. 요즘도 어쩌다 조수석에 앉게 되면 그 광란의 자동차 게임이 떠오르며 말할 수 없이 부끄러워진다. 14년이나 지났으면 이제 슬슬 그만 떠오를 법도 한데 말이다. 그래도 그 덕에 스치듯 지나칠 사람에게도 신중하게 말을 골라 건네기로 한 다짐 또한 잊지 않을 수 있어 그건 참 다행이다.

술배는 따로 있다

소주 오르골이 일상의 아름다움이라면, 세상에서 가장 아름다운 술의 소리를 들은 것은 헬싱키에서 상트페테르부르크로 가는 페리 안에서였다. 상트페테르부르크는 쾨세그와 함께 언젠가 제대로 가보리라 벼르는 도시 중 하나였기에, T와 함께한 아이슬란드 여행의 끄트머리에 다음 여행의 사전 탐색 겸 끼워넣은 것이었다. 보름간의 아이슬란드 일정 동안 원하는 바대로 착착 움직이는 부지런한 여행자의 기쁨을 충분히 만끽했던 터라 경유지인 헬싱키에 도착했을 무렵에는 무계획적으로 놀고 싶은 느슨한 여행자의 자세가 갖춰져 있었다. 꿈에 그리던 오로라를 여한 없이 본 이후여서 세상을 다 가진 자의 여유도 있었다. 그래서인지 우리는 페리에 올라 짐 풀기가 무섭게 넓은 페리 곳곳을 돌아다니며 본격적인 음주자로 돌변했다.

오, 세상에. 새로운 세계였다. 페리, 술이라면 빠질 수 없는 나라 러시아로 가는 페리, 러시아인들이 가득하고 러시아 술이 가득하고 러시안 바이브로 가득 찬 페리는, 지금까지 살면서 가본 그 어느 곳보다도 흥청망청 노는 데에 잘 어울리는 공간이었다. 적어도 내 취향에는 격정적인 스페인 이비사나 힙한 아이슬란드 레이캬비크나 휘황한 미국 라스베이거스

나 뭉근하게 화려한 홍콩이나 마카오보다도 이 페리
가 그랬다.

　바다와 경계가 분명히 나뉜 공간의 한정성이
주는 묘한 안정감 속에서, 밖으로 눈을 돌릴 때마다
바다의 움직임과 하늘의 색깔과 저 너머 보이는 풍
경이 끊임없이 달라졌고, 어딜 가나 음식들은 고만
고만하니 적당히 맛없으면서도 적당히 맛있어서 곁
들여 마시는 술의 맛을 돋보이게 해놓고는 파도처럼
부서지며 사라졌고, 온갖 종류의 러시아 보드카들과
와인들이 즐비했고, 술의 퀄리티에 비해 술값은 매
우 쌌으며, 취기로 신이 난 사람들이 갑판 위에서 춤
을 추거나 앉은 채로 흐느적흐느적 리듬을 타고 있
었다.

　손에서 술잔이 떨어질 틈 없는 신나는 오후를
보내고 저녁 무렵에는 갑판 한쪽에 자리를 잡았다.
가만히 앉아서 온 바다를 붉게 물들이는 석양을 맞
으며 해가 바다 아래로 완전히 가라앉을 때까지 하
염없이 벨루가 보드카*를 홀짝홀짝 마셨다. 언젠가
하늘에서 떨어지는 유성을 보면서 추운 날에 마시는

---

* 철갑상어의 한 종류인 '벨루가'에서 이름을 따온 러시아의 보
드카.

독한 보드카 한 모금과 매우 비슷하다는 생각을 한 적이 있다. 그때 마침 보드카를 마시고 있었기 때문만은 아니었다. 한 모금 넘기면 목에서부터 몸속까지 타는 듯이 뜨거운 길을 내며 내려오다가 사라지는 보드카와 불타면서 떨어져 내리다가 사라지는 유성은 그 속도마저도 비슷한 것 같았다. 황홀감이 밀려드는 속도도.

엷은 취기가 몸 전체에 번지는 동안 하늘과 바다 위로 밤이 찾아왔다. 바다는 검은 유약을 바른 도기처럼 빛났고, 하늘은 누군가 허공으로 내던진 목걸이가 구름에 부딪히며 줄이 끊어지는 바람에 사방으로 흩어진 보석 알 같은 별들로 빛났다. 좀처럼 떨어져 내릴 것 같지 않은 단단한 별들을 보면서 홀짝홀짝 몸속으로 별 몇 모금을 더 떨어뜨려 넣고는, 뜨거워진 몸과 마음으로 여기저기 머무를 수 있는 곳마다 잠깐씩 멈춰 서서 춤을 추며 방으로 돌아왔다.

이른 새벽에 눈이 떠졌다. T는 이미 일어나 있었다. 침대에서 더 뭉개고 싶었지만 비스킷 몇 조각에 진한 커피가 마시고도 싶어, 조식을 먹으러 내려가는 T를 따라갔다가 아침부터 또 술을 마셨다…. 분명 진한 커피에 호밀로 만든 핀란드식 파이인 까

르얄란삐라까를 가져온 것 같은데, 정신을 차려보니 큼직하고 두툼하게 썰어진 싱싱한 연어, 토마토에 조린 청어와 올리브를 한가득 앞에 놓고 화이트 와인을 마시고 있었던 것이다. 내가 아무리 술꾼이라지만 살아오면서 전혀 즐기지 않는 것이 해장술이나 아침술인데 대체 이게 무슨 무서운 조화람. 그나저나 접시 위 음식들과 와인은 이게 또 무슨 훌륭한 조화람.

놀랍게도 이런 일은 다른 곳에서도 벌어지고 있었다. 처음에는 천연덕스럽게 술을 마시고 있는 나를 개망나니 취급했던 T도 어느 시점부터 나와 와인을 대작하고 있었고, 다른 테이블에서도 와인이 연신 비워지고 있었다. 대부분이 어젯밤 술 마시던 그 사람들이었다. 나도 나지만 다들 어제 그렇게 마셔놓고도 술이 또 들어가다니, 이건 술인가, 마술인가. 동일 시간 동안 물이라면 절대 마시지 못할 양을 술로는 마실 수 있다는 게 새삼 신기할 정도였다. 술꾼들에게는 '술배'가 따로 있다지만 이건 좀 심하지 않은가.

아무리 생각해도 문제는 이 배에 있는 게 분명했다. 이 배 전체에 떠도는 어떤 흥청망청한 기운이 대책 없이 계속 뭔가를 먹고 마시게 부추겼다. 심지어 그렇게 아침을 먹고 방에 돌아온 나는 갈증이 나서 맥주 한 캔을 또 마셨고, 짐을 대충 싸놓고 잠시 잠이 들었다가 꿈에서마저 술을 마셨다. T가 갑자기 방문을 열고 들어와 깨우지 않았다면 나는 꿈에서 라센 바이킹 코냑*을 서너 잔 더 마셨을 것이다.

"나가자, 빨리. 이건 꼭 봐야 돼! 얼른!"

T에게서는 좀처럼 볼 수 없는 종류의 호들갑이었다. 게다가 자기는 배 안을 더 둘러보고 싶지만 너는 방에 가서 좀 쉬는 게 좋겠다며 배려해준 사람이 난입에 가깝게 나타나 이렇게 말하고 있는 데에는 분명 이유가 있을 것이다. 더 묻지도 않고 따라 나섰다.

T가 향한 곳은 면세점이었다. 국제선이라 면세점이 있을 줄은 알았지만 생각했던 것보다 규모가 크고 북유럽과 러시아 문화권의 특산품들이 다양하게 있어서 안 그래도 어제 T와 오랜 시간 구경하고 난 후였다. 왜 여기를 다시 왔지? 어제 못 보고 지나친, 다른 데서는 구하기 힘든 술이라도 발견한 건가?

* 노르웨이의 코냑 시리즈. 라센사의 심벌인 바이킹 배 모양의 도자기나 유리병에 담겨져 나온다.

혹시 내가 눈에 불을 켜고 찾던 조지아 와인? 뭐가
됐든 술 때문일 거라고 생각한 건 단지 T가 술 코너
근처로 발걸음을 옮겨서만은 아니었다. 매사 늘 침
착하고 이성적인 그를 그렇게 흥분시킬 수 있는 건
세상에 술밖에 없으니까(침착하고 이성적이어 봤자
술꾼이 술꾼이다). 무슨 술일지 커져가는 호기심에 T
의 손끝만 쳐다보고 있는데 그는 어느 술도 가리킬
생각이 없어 보였다. 대신 나지막하게 말했다.

"자, 잘 들어봐. 들리는 소리에 가만히 집중해
봐. 가.만.히."

들어보라고? 뭐야, 도착까지 세 시간여를 남겨
두고 막판 면세점 쇼핑에 열 올리는 사람들로 왁자
하게 붐비는 이 북새통에서 그런 고즈넉한 바닷가
마을의 명상센터 구루 같은 말투는. 시키는 대로 소
리에 집중해봤자 들리는 건 여러 종류의 외국어가
뒤섞인 말소리와 발소리, 바코드 찍는 기계음, 카트
미는 소리 같은 것들뿐이었다.

"안 들려?"

"아니, 너무 많이 들려. 대체 뭘⋯."

⋯들으라는 거야? 라고 말하려는 찰나, 귓속을
부드럽게 파고드는 아름다운 소리가 있었다. 오, 들
렸다! 달그락달그락과 리듬은 비슷하지만 훨씬 맑고

쨍한 소리. 들어봤지만 들어본 적 없는 소리. 술이었다. 주류 코너에 즐비하게 놓인 온갖 종류의 술병들이 배의 엔진이 만들어내는 동요에 따라 흔들리며 좌우앞뒤에 놓인 술병들과 살짝살짝 부딪히며 만들어내는 소리였다. 커다란 벽 세 면을 둘러싸고 있는 술병들 사이에서 동시에 울려 퍼지는 소리는 은근하면서도 장대하고 맑다 못해 신비롭기까지 했다.

주파수를 한 번 찾고 나니 그동안 듣지 못했다는 게 이상할 정도로 또렷이 들렸다. 묵직한 병들 사이에서 흘러나오는 중후한 울림과 가늘고 기다란 병들 사이에서 흘러나오는 경쾌한 울림이 수시로 교차하며 시간에 어떤 틈도 내어주지 않았다. 무한하게 이어지는 수많은 술병들의 울림을 커다란 배 안의 커나란 술 진열대가 아니라면 어디서 또 들을 수 있을까. 가만히 선 채로 술들의 소리를 한참 동안 들으며, 세상에 별이 반짝반짝대는 소리라는 게 있다면 이런 소리일 게 틀림없다고 생각했다. 앞으로는 떨어지는 별을 보면서는 보드카 한 모금을, 반짝이는 별을 보면서는 발트해를 지나는 배 속 수많은 술병들을 떠올리게 되겠지. 어떤 술꾼의 세계에서는 별마저도 술과 이어져 있다.

배 전체에 흘러넘치는 흥청망청한 술기운의 비

밀 하나를 찾은 것만 같았다. 수많은 술병들의 노래가 엠비언스로 깔려 있는 공간인데 당연하지. 기어이 귀까지 술에 흠뻑 적셔주었던 배. 다음에 또 상트페테르부르크로 여행을 간다면 무조건 이 배를 타고 국경을 넘으리라 다짐했다. 역시 술배는 따로 있다.

술이 인생을 바꾼 순간

그날은 손에 꼽을 정도로 술을 많이 마신 날이었다. 나는 술을 많이 마셔서가 아니라 자주 마셔서 술꾼인 부류라 주량은 그리 세지 않은데, 그날은 희한했다. 둘이서 1차에서 소주 네 병을 마셨고 2차에서 맥주 세 병을 마셨는데도 말짱했다. 심지어 가게가 파해서 2차를 끝내야 할 때가 되었는데도 술이 더 마시고 싶었다. 그날따라 간이 센 안주들을 계속 먹어서 간이 세진 것일까?

　　같이 마신 사람은 글쓰기 모임에서 알게 된 또래의 남자였다. 당시 나는 홍콩 거주 6년 차였다. 1년에 한두 번 며칠씩 한국에 들르는 게 전부였던 그 전과 달리, 그해에는 마침 한국이 거점이 되는 프로젝트가 생겨 중간중간 홍콩이나 싱가포르에 다녀와야 하는 일을 빼면 한국에 몇 달씩 머무를 수 있었다. 언제 다시 올지 모를 기회였으므로 그 시기에 나는 한국에서만 할 수 있는 재미있는 일들에 적극적으로 참여했고, 글쓰기 모임도 그래서 나가게 됐다. 모임은 격주마다 있었다. 무려 예닐곱 시간씩 이어지는 강의 및 세미나가 끝나면 열몇 명의 동인들과 어울려 늦게까지 술을 마시곤 했는데 그는 그중 한 명이었다.

　　둘이 술을 마시게 된 건 자주 가는 거래처가 그

의 집에서 매우 가깝다는 걸 우연히 알게 되어서였
다. 곧 홍콩 돌아간다고 하지 않았어요? 가면 한동
안 수업 못 나올 텐데 가기 전에 언제 우리 동네 왔
을 때 같이 밥 먹어요. 모임에서 만난 사람과는 1 대
1로 잘 만나지 않는 평소 나의 패턴으로 보면 거절하
고도 남았을 제안인데 어쩐지 대번에 승낙했다.

재미있을 것 같았다. 늘 여럿이 어울렸기 때문
에 그와 따로 이야기해본 적은 없었지만 몇 달 만난
것치고는 꽤 친해져 있었고 어떤 사람인지도 꽤 알
고 있었다. 글쓰기 모임의 성격상 단위 시간당 파악
가능한 개인정보량이 원체 높았던 탓이다. 써 온 글
에, 타인의 글을 읽어내는 방식에, 자주 쓰는 표현
에, 좋아하는 문장에, 사람들의 성향과 성격이 지문
처럼 묻어났다. 지나치게 진한 지문은 때때로 버거
웠고, 너무 진하게 찍혔을까 봐 슬쩍 뭉개놓은 지문
은 의뭉스러워 보여 신뢰가 안 갔는데 그는 항상 알
맞은 진하기의 지문을 가장 익살스러운 각도로 찍어
놓는 사람이었다. 게다가 그는 술을 좋아했고, 술을
마시면 더욱 웃겨졌다. 알맞고, 술 좋아하고, 웃기
고. 술친구 삼합이 다 갖춰졌네. 주변에 그런 삼합형
술친구들이 몇 있어서 바로 느낌이 왔다.

술꾼들끼리의 밥 먹자는 약속은 결국 술 먹자

는 약속으로 변하게 되어 있다. 술은 원래 밥과 곁들여 먹는 기본 반찬이니까. 밥을 시켜놓고도 뭔가 허전한 듯 쭈뼛쭈뼛 서로 눈치를 보다가 결국 내가 먼저 술을 시켰다. 반찬 없이 맨밥이 안 먹히더라고. 그렇게 우리는 밥도 먹고 술도 먹고 술도 먹고 술도 먹고 술도 먹게 되었다. 그는 예상보다 훨씬 좋은 술친구였다. 정치적 성향과 세계관이 비슷했고, 무엇보다 유머 코드가 잘 맞았다. 사실 웃을 수 있는 포인트가 비슷하다는 건, 이미 정치적 성향과 세계관이 비슷하다는 말을 포함하고 있다. 무엇을 유머의 소재로 고르는지 혹은 고르지 않는지(후자가 좀 더 중요한 것 같다), 그걸 그려내는 방식의 기저에 깔린 정서가 무엇인지는 많은 것을 말해주니까. 들을 말과 할 말이 끊이지 않았고, 따라지는 술과 따라주는 술이 계속 오갔고, 한쪽으로 빈 병들이 하나둘 줄을 맞췄다.

3차가 아쉬웠던 우리는 술집을 찾아 큰길로 나왔다. 새벽 3시. 6차선 도로를 사이에 두고 쭉 뻗은 두 길을 번갈아 보며 한참을 걸었지만 문을 연 술집은 없었다. 이 동네 가게들이 주로 월요일에 쉰다는 게 그제야 기억났다(그렇다, 우리는 월요일부터 그렇게 퍼마시고 있었다…). 저 멀리 24시간 커피전문점이 세 개나 보였지만 전혀 동하지 않았던 걸 보면 이야기도 이야기지만 정말 술이 더 마시고 싶었던 것 같다.

작은 골목들을 하나씩 기웃대어봐도 성과는 없었다. 24시간 영업인 건지 마감 시간이 늦은 건지 모를 문 연 카페만 두 곳 찾았을 뿐이다. 뭐야, 이 새벽에 정작 술은 없고 커피만 잔뜩 있는 이 동네는. '청년들이여, 깨어나라!'라고 시위하는 거야 뭐야. 이 동네가 품은 계몽을 향한 야망과 술꾼들에 대한 쌀쌀맞음에 아득해져서 일단 오늘은 여기서 마무리하고 집으로 가야겠다고 생각을 하는 찰나, 그가 대뜸 말했다. "우리 집에 보드카 있는데 가서 마실래요?"

집에 가자고? 새벽 3시 넘어서? 당시 내 나이 서른둘. 그런 상황에서 혼자 사는 남자가 자기 집으로 가자고 하는 것에 보통 어떤 함의가 포함되어 있는지 잘 알고 있고, 살면서 그런 노골적인 제안을 그 나이대 평균치 정도로 적당히 받아봤으며, 그래서 무난하게 혹은 단호하게 거절하는 방법도 잘 알고 있었다. 하지만 이 모든 것들이 다 필요 없다는 걸 깨닫는 데는 1분도 걸리지 않았다. 그는 나와 마찬가지로 정말 술, 단지 술이 더 마시고 싶을 뿐이라는 걸 못 느끼려야 못 느낄 수가 없었던 것이다. 전혀 사귈 생각도 없는 남자한테 사귀자는 말도 안 했는데 차인 것 같은 묘한 패배감마저 느낄 정도로 그 어떤 끈적함도 없이, 함의 따위는 더더욱 없이, 술, 오직 술이었다. 적어도 지금 그에게는 자신의 집이 어떤 개인적이고 내밀한 공간이 아니라 그저 같이 술을 마실 수 있는 '술집'으로서만 기능하는 것 같았다.

새벽에 문을 연 곳은 카페뿐인 이 동네의 야망과 쌀쌀맞음에 저항하여 자기 보금자리를 기꺼이 술집으로 만드는 진정성에 감동한 나는 술집에 대한 예를 정중히 갖춰 무슨 술이 있냐고 물었다. "앱솔루트 보드카*요"라고 답하는데 이날따라 '앱솔루트'는 어찌나 앱솔루트하게 들리는지. "갑시다!"라고 답하기까지는 1초도 걸리지 않았다.

사실 밤이든 낮이든 누군가의 집에 가는 것 자체를 그리 좋아하지 않는다. 누군가의 집에 가는 것에는 회사 앞에서 우연히, 안하무인에 철저한 속물

---

* 스웨덴의 보드카. 바카디, 스미노프와 함께 전 세계 알코올음료 시장 톱3 브랜드다. 앱솔루트와 스미노프는 한국에서도 가장 대중적인 보드카라 한때 앱솔루트파와 스미노프파가 나뉘었는데 '앱솔루트 바닐라'를 알기 전까지 사실 나는 스미노프파였다.

이라 질색인 상사와 그의 늙은 노모를 마주쳤다가 노모에게 '우리 ○○○ 잘 부탁해요. 난 아직도 얘가 애기 같아서 항상 불안해' 식의 말을 들어버리는 것 같은 위험이 도사리고 있다. 그 사람이 집 안에 숨겨두거나 남겨둔 모습 말고 그가 집 바깥으로 가지고 나가기로 선별한 모습, 딱 그만큼까지만 알고 대면하고 싶은데, 집 안 구석 어딘가에 묻어 있는 무방비하고 지극히 개인적이고 내밀한 면모, 이 사람 또한 인간으로서 나름 매일매일 실존적 불안과 싸우고 있으며 누군가의 소중한 관계망 속에 자리하고 있는 존재라는 걸 상기시켜주는 흔적을 봐버리면 필요 이상의 사적인 감정과 알 수 없는 책임감 비슷한 감정이 생겨 곤란하다. 게다가 집은 대개 말이 많다. 모든 사물들이 집주인에 대해 자세히 말해주는 걸 내내 듣다 나오는 건 제법 에너지가 드는 일이다.

그런 번거로움을 술이 이겼다. 이미 몸속에 들어 있는 술이 그의 찬장 속에 들어 있을 술을 맹렬히 불렀다. 술들끼리 어서 만나게 해줘야 하지 않을까? 앱솔루틀리!

그의 집은 만약 나 혼자 그 시간 그곳에 가게 됐다면 발걸음을 재촉해서 최대한 빨리 지나쳤을 침

침하고 어둑한 골목에 자리한 빌라의 반지하에 있었
다. 녹이 잔뜩 슬어 보기만 해도 삐걱거리는 소리가
들리는 것 같은 우편함을 지나쳐 반쪽짜리 계단을
내려가니 그 앞에 자전거가 세워져 있는 그의 집 현
관문이 바로 나왔다. 이렇게 동선에 따라 서술하는
형식을 취하기는 했지만 사실 입구에 들어섰을 때
이 모든 것이 한눈에 보였다. 그는 친한 친구 인사시
키듯이 자전거에 대해 짤막하게 소개하며 열쇠로 문
을 열었다.

　　오래된 집이었다. 주방에 있는 가스레인지나 싱
크대는 아마 우편함과 함께 나이를 먹어왔을 것이
다. 그가 주로 시간을 보낼 큰방 한쪽 벽에는 표피가
떨어지기 시작한 낡고 작은 소파가 자리하고 있었
고, 그 맞은편에는 화면은 작지만 몸체는 앞뒤짱구
처럼 불룩하게 튀어나온 오래된 회색 텔레비전이 놓
여 있었다. 그 사이 바닥에 이불과 요가 가지런히 포
개져 있었고, 그 위에는 요와 이불만큼이나 색이 바
랜 베개가 단정히 올라가 있었다.

　　공간 전체에 거대한 스카치테이프를 붙였다가
떼어낸 것 같은 방이었다. 군데군데 벗겨지고 빛바
랜 색깔들이 가득한 방. 유일하게 스카치테이프를
피한 곳은 책장이었다. 구하기 힘든 희귀한 책부터

반짝거리는 신간들까지 책들이 한쪽 벽 전체에 빼곡
했다. 천 권이 넘어 보이는 책들은 그의 다른 물건들
과 마찬가지로 일정한 순서에 따라 깔끔하게 정리되
어 이중 삼중으로 꽂혀 있었다.

지금까지 가본 어떤 집보다도 말이 많은 집이
었다. 책이 많아서도, 낡고 오래돼서도 아니었다. 그
런 집들은 살면서 얼마든지 가봤다. 이 집이 가장 인
상적이었던 건 어느 것 하나 허투루 있는 게 없다는
점이었다. 그가 술잔을 꺼내기 위해 잠시 연 찬장 안
을 보고 얼마나 놀랐던지. 좁은 공간에 최대한 잘 넣
어보기 위해 설계도라도 그린 건지(진짜로 서랍에서
설계도를 꺼내 보여줬다고 해도 절대 놀라지 않았을
것이다) 물건들이 서로의 길이와 너비를 요리조리
피해가면서 잘도 정연하게 놓여 있었다. 그는 수납
의 귀재였다. 여기저기서 선물도 받고 물려도 받고
주워도 오고 했을 게 분명한 제각각의 물건들은 어
떻고. 정성껏 매만진 흔적이 역력했고 태생이 다 달
라 충돌하는 분위기들을 최대한 완화시키며 배치하
려는 고민이 담겨 있었다.

그러니까, 그 집은 최선을 다하고 있는 집이었
다. 별생각 없이 적당히 구색만 맞추고 살 뿐 물건
하나하나에 딱히 애정이 없고, 사놓고 안 쓰는 물건

과 써야 하는데 안 사둔 물건들이 항시 생기는 나태한 나의 집과는 전혀 다른 집. 단정한 삶을 꾸려가는 주인의 심지가 중심에 단단히 박힌 집. 예전부터 허물없이 친한 관계를 두고 '서로 집에 수저가 몇 벌 있는지까지 다 알고 사는 사이'라고 말하는 걸 들을 때마다, 나는 내 집에조차 수저가 몇 벌 있는지 모르는데, 그래서 나는 나 자신과 친하지 않은 걸까라는 생각을 하곤 했다. 혼자 사는 집에 수저 몇 벌 있지도 않은데. 그러면서도 근데 그걸 알고 있는 사람이 정말 있을까? 생각한 것도 사실이다. 그는 그걸 알고 있을 것 같은 부류의 사람이었다.

이 집이 소곤대는 이야기들이 나는 무척 좋았다. 그제야 그가 과제로 제출했던 글들이 하나씩 떠올랐다. 살아온 날들에 관해 본격적으로 자세히 쓴 적은 없지만 그의 글 사이사이에 문득문득 삐져나온 과거의 궤적들. IMF 때 아버지 사업이 망했고 빚이 많았고 돈은 늘 없었고 그 안에서 어떻게든 허덕허덕 일상과 일상을 이어 붙여가며 살다 보니 어디쯤에 도착해 있는, 다르면서도 비슷한 IMF 키드들의 이야기.

주방에서 냉장고 문 여닫는 소리가 한창 분주한가 싶더니 이런저런 안주들로 그럴듯한 술상을 준

비한 그가 나를 불렀다. 상 위에 올려져 있는 보드카 병을 보는 순간, 이 공간에 너무나 비현실적으로 매끈한 그 자태에 웃음이 터졌다. 정종 대포나 소주병이 나올 것 같은 피맛골의 선술집에서 대뜸 앱솔루트가 튀어나온 걸 본 기분이랄까. 보드카를 한 모금 마신 순간에도 웃음이 터졌다. '보드카vodka'라는 이름을 러시아어로 '물'을 뜻하는 'voda'에서 따왔다는 이름 모를 러시아인에게 당장 달려가 하이파이브를 하고 싶었다. 어떻게 이름을 이렇게 잘 붙였어요? 진짜 생명수네, 생명수. 아, 살 것 같다. 보드카 만세! voda 만세!

그날 우리는 국제도량형총회나 한국표준과학연구원에서 새벽인지 아침인지 시급히 판별해줄 필요가 있는 시간인 5시까지 마셨다. 자연히 그의 집이 3차의 주제였는데 시작은 냉장고였다.

"이 집 물건들 다 엄청 오래됐죠? 다들 사연 있는 모습들이야."

"어휴, 사연 많죠. 다들 구구절절해."

"그럼 우리 골드스타 냉장고부터 시작해봅시다…."

그랬다. 그의 냉장고는 무려 LG의 전신인 '골드스타' 로고가 붙은 냉장고였다. '순간의 선택이 10

년을 좌우합니다'라는 카피와 함께 등장했던 바로
그 추억의 냉장고. 3차 내내 내가 등을 기대고 있었
던 냉장고.

　　2주 후 출국하기 전까지 틈만 나면 그와 술을
마셨다. 홍콩에 보름 정도 머물고 귀국하는 일정이
긴 했지만 회사 일이야 언제 어떻게 변해도 이상하
지 않았기에 기회가 닿는 대로 술을 마셨다. 주말이
면 새벽의 경계에 대해 고민할 필요도 없는 명백한
아침까지 술을 마셨고, 그렇게 아침을 맞고 나면 맥
도날드에서 맥모닝 세트를 사 와서 맥주와 함께 마
시는 게 술자리의 마무리로 꽤 괜찮다는 걸 알게 되
었다. 홍콩에서 귀국한 날도 내 집 대신 그의 집으로
바로 갔다. 밤새 마실 글렌피딕 위스키*를 들고서.
　　살면서 이렇게 자주 누군가와 밤새 술을 마신
적이 있을까. 깊이 잠들어 꿈을 꾸어야 할 시간마다
계속 같이 술을 마셔서인지, 언젠가부터 우리는 같
은 꿈을 꾸게 되었다. 더 많이 더 오래 함께하는 미

---

* 게일어(스코틀랜드 지역의 고어)로 '계곡'을 뜻하는 '글렌
Glen'과 '사슴'을 뜻하는 '피딕Fiddich'의 합성어로 '사슴이 있
는 계곡'이라는 의미를 가진 영국 스코틀랜드의 싱글몰트 위스키.

래에 관한. 그가 오랜 세월 정성껏 아끼고 사랑해온 그 집의 사물들이 좋아 보여서였는지, 그 집이 그렇게 좋아서였는지, 언젠가부터 나도 그 집의 일부가 되었다. 더 많이 더 오래 함께하기 위해. 더 많이 더 오래 함께 마시기 위해. 그가 어쩐지 간직해두고 싶어 몰래 따로 넣어두었다던 그날의 빈 앱솔루트 보드카 병이 언젠가부터 당당하게 밖으로 나와 창틀에 진열되었고, 그 옆으로 글렌피딕을 비롯한 여러 종류의 술병들이 늘어갔다. 홍콩 생활을 정리하고 그, 그러니까 T와 함께 살기 위해 한국으로 완전히 들어오던 날에도 내가 내민 술은 글렌피딕이었다.

최고의 술친구와 함께 산다는 건 세상 모든 술이 다 들어 있는 술 창고를 집에 두고 사는 것과 같다. 언제든 원하는 때에, 세상에서 가장 맛있게 술을 마실 수 있으니까. 어떤 술꾼들은 취기에서 술맛을 본다. 기분 좋은 취기만큼 훌륭한 술맛은 없다. 물론 저녁에 잠깐 곁들이기로 한 반주가 몇 시간 넘게 이어지는 술자리로 변해서 결국 밤을 꼬박 달리고 그날 아침부터 저녁까지를 통으로 날려버리는 바람에 매우 자주 같이 망하기도 하지만. 이런 식으로 사라진 하루들 때문에 T를 만난 이후 나의 1년은 언제나 355일쯤이다.

슬프게 마시는 날들도 있었다. 이를테면 그 반지하 집에서 나와 이사하던 날. 이사를 처음 해보는 것도 아닌데 그 집을 떠나는 건 유난히 힘들었다. 가구와 세간살이들이 하나씩 지상으로 올라갈 때마다 마음은 계속 내려앉아 지하에 고였다. 집이 '집'에서 '공간'으로 바뀌어가고 마침내 아무것도 없는 빈 공간에 우뚝 섰을 때, 아직은 여기저기 잔상들이 묻어 있어 그래도 내 집인 것만 같은데 이제 아니라는 사실을 받아들이기가 힘들었다. 내가 어젯밤까지만 해도 저 구석에서 뒹굴며 사과를 먹었다고! 열쇠를 집주인에게 건네고 나니 몇백 일을 당연한 듯 드나들던 그곳에 이제 다시는 못 들어간다는 사실에 어리둥절해져 아무것도 매달리지 않은 키링을 한참 쳐다봤다. 이 집에 우리가 아니면 대체 누가 산단 말이야? 그날 저녁 풀다 만 짐들 사이에 앉아 아이폰에 구석구석 담아 온 옛집 사진을 보며 우리는 조금 울었고, 술을 마셨다.

이사 후 얼마 안 가 마침내 고장나버린 골드스타 냉장고를 어쩔 수 없이 버리기 전날 밤도 비슷했다. 조금 울었고 술을 마셨다. 새 LG 냉장고가 집으로 올라오고 있는 동안 곧 들려 나갈 골드스타 냉장고를 말없이 쓰다듬고 있는 T의 얼굴이 얼마나 슬펐는지, 그 모습을 찍어 내 SNS에 올리니 친구가 "야! 나도 어쩐지 눈물 나서 혼났잖아"라고 메시지를 보내왔다. 트럭에 실리는 골드스타를 보며 "그동안 수고 많았어…"라고 T가 건네는 마지막 인사를 들으니, 골드스타 이야기로 시작했던 그날 밤, 처음으로 그 집에 발을 들였던 그날 밤이 생각났다.

　　그때부터 나는 이 냉장고가 왠지 애틋했다. 다른 가구나 가전제품에 비해 유독 그랬던 건, 아마 살림살이랄 만한 게 우리 집 수저 몇 벌보다도 적었을 시절부터 T의 곁을 10년 넘게 지켜주고 무엇보다 그를 먹여주었기 때문일 것이다. 동전 하나도 허투루 쓸 수 없었던 그 시절에 T가 유일하게 부리던 사치이자 위안이었던 소주들을 시원하게 내어주었기 때문일 것이다. 지금의 T가 있기까지 냉장고의 그 냉기가 얼마나 많은 것들을 따뜻하게 품어주었는지.

　　퇴근길에 신나서 술들을 사 들고 그 집에 들어서면 가장 먼저 내가 머물렀던 곳도 냉장고 앞이었다. 가끔은 냉장고 안에 술병들을 하나씩 넣을 때마다 내가 지금 홍콩이 아닌 한국의 어느 동네에서, 내 집도 아닌 집에서, 이 낡은 냉장고 앞에서, 누군가와 함께 마실 저녁을 기다리며 이러고 있다는 게 도저

허 믿기지 않을 때가 있었다. 그날 내가 T와 술을 마시지 않았다면, 술이 모자라 T의 집까지 오지 않았다면, 그 술들이 그렇게 달고 맛있지 않았다면, 나는 지금 분명 홍콩에 첫발을 내디딘 순간부터 단 한 번도 달라질 거라고 의심해본 적 없는 홍콩에서의 미래를 착실히 밟아나가고 있었을 것이다. 홍콩 시민이 되어 살고 있었겠지.

　　나는 홍콩에서의 삶을 무척 좋아했기에, 그 삶은 지금보다 훨씬 안정적이고 편안한 삶이었기에, 그런 생각이 들 때마다 홍콩을 떠나온 내 결정이 치기 어린 선택이었으면 어쩌지라는 불안이 엄습한 채로 냉장고의 문을 닫곤 했다. 세상에. 최고의 술친구를 만났다고 그 미래를 닫아버렸다니. 인생이 냉장고도 아닌데 냉장고 문 닫듯이 그렇게. 미쳤어. 절레절레 고개를 흔들며.

　　멀어져 가는 트럭을 보면서 나도 눈물이 났던 건, 골드스타를 더 이상 못 본다는 서운함도 컸지만, 냉장고 앞에서 막연히 느끼곤 했던 그 시절의 불안이 완전히 사라진 지 꽤나 오래되었다는 걸 갑자기 깨달아서였다. 그랬다. 나는 이곳에서 보내는 355일의 몇 년들에 전혀 후회가 없었다. 다시 그날 밤 그 순간으로 돌아가도 나는 T를 따라왔을까? 앱솔루틀리. 한국으로 돌아왔을까? 한국에서 살면서 끔찍했던 몇몇 순간들을 그러모은대도, 앱솔루틀리. 어떤 술꾼들은 취기에서 술맛을 보듯이 어떤 사람은 치기에서 결단의 힘을 본다. 치기 어린 상태가 아니면 모험할 엄두를 못 내는 겁 많은 나 같은 사람이.

냉장고 문을 닫는 순간 몇 시간 후 시원한 술을 마실 수 있는 가능성이 열리듯이, 신나서 술잔에 술을 따르는 순간 다음 날 숙취로 머리가 지끈지끈할 가능성이 열리듯이, 문을 닫으면 저편 어딘가의 다른 문이 항상 열린다. 완전히 '닫는다'는 인생에 잘 없다. 그런 점에서 홍콩을 닫고 술친구를 열어젖힌 나의 선택은 내 생애 최고로 술꾼다운 선택이었다. 그 선택은 당장 눈앞의 즐거운 저녁을 위해 기꺼이 내일의 숙취를 선택하는 것과도 닮았다. 삶은 선택의 총합이기도 하지만 하지 않은 선택의 총합이기도 하니까. 가지 않은 미래가 모여 만들어진 현재가 나는 마음에 드니까.

그렇게 골드스타 냉장고는 마지막까지 '순간의 선택이 10년을 좌우합니다'라는 메시지를 나에게 전해주고는 저 멀리 사라졌다. 잘 가, 우리의 골드스타. 그동안 수고 많았어. 그리울 거야, 무척.

지구인의 술 규칙

나보다 한 해 빨리 삼십대 후반으로 넘어가면서 T는 건강에 조금 신경을 쓰기 시작했다. 둘이 술 마시는 게 이렇게 재미있는데 아파서 술 못 마시는 일이 생기면 억울하다는 이유에서였다. 건강에 신경을 쓰는 거라고 해야 할지 말아야 할지 잘 모를 이유다… 어쨌든 신경을 안 쓰는 것보다는 좋을 것이다.

그래서 우리는 재작년부터 ① 가급적 평일에는 마시지 말 것, ② 마시더라도 새벽 1시 전에는 끝낼 것, ③ 마시더라도 (1인당) 소주 한 병/맥주 세 병/와인 한 병/위스키나 보드카 넉 잔을 넘기지 말 것(/ 표시는 'or'이다. 'and'가 아니니 착오 없길 바란다…) ④ 마시더라도 괜찮은 안주를 곁들여 마실 것, 이라는 규칙을 정했다. 건강에 신경을 쓰는 거라고 해야 할지 말아야 할지 잘 모를 규칙이다… 게다가 '마시더라도'에 해당하는 상황이 지나치게 세분화되었다는 점에서 결국 마시게 될 거라는 패배주의가 짙게 깔려 있다는 점 또한 부정할 수 없다. '가급적'이라는 단어는 얼마나 편리한 말인지. '하지 말라'는 말을 꾸며주는 척하지만 슬그머니 '해도 된다'의 편도 들어주니 말이다. 어쨌든 규칙이 아예 없는 것보다는 좋을 것이다.

나름 규칙을 잘 지키고 있지만('나름'이라는 단

어 역시 얼마나 편리한 말인지), 위태위태한 순간들
은 있기 마련이다. 규칙이고 건강이고 내일 출근이
고 뭐고 너무나 맹렬하게 마시고 싶을 때가 있는 것
이다. 게다가 우리는 둘 다 태생이 '가급적' 같은 인
간들이다. 한쪽이 '그래도 오늘은 좀 마시자'고 말하
면, 안 된다고 엄격하게 선 긋는 척하다가 어느 순간
슬그머니 '그럼 그럴까?' 쪽으로 돌아서는 것이다.
글러먹었다.

　　마음을 흔들어놓는 영화나 공연을 보고 나온
직후라면 특히 그렇다. 흔들 때마다 모양이 바뀌는
만화경처럼 무언가 마음을 흔들 때야말로 평소 잠잠
히 있던 여러 감정과 기억들이 활발히 움직이며 서
로 붙었다 떨어졌다 다양한 무늬의 생각들을 펼쳐
보이기 때문에, 이 화려한 관념들의 파티에 술이 빠
질 수는 없는 것이다. 〈컨택트〉를 본 날도 그랬다.
이런 영화를 보고 나와서 술을 안 마신다고? 정말?
이렇게 할 말이 많은 영화인데?

　　T야 말할 것도 없었다. 며칠 전 혼자 보고 와서
는 이건 무조건 너도 봐야 한다며 굳이 나를 끌고 가
서 한 번 더 본 것이었으니 그 행위에 이미 '같이 보
고 같이 술 마시면서 이야기해야 한다'가 포함되어
있었다. 그때 같이 가서 봤다면 주말이었으니까 술

도 고민 없이 마실 수 있고 좋았을 텐데. 감독의 전작인 〈그을린 사랑〉이 싫었기 때문에(그 계열 영화들이 언젠가부터 필연적으로 선택하는 어떤 선정주의에 복잡한 마음이 있다) 그가 테드 창의 원작 소설을 어떻게 영화로 만들었을지 딱히 궁금하지 않아서 따라나서지 않았던 것이다.

　당장 어느 이자카야에 들어가서 나베 요리에 정종 한 도쿠리씩 마시면 딱 좋겠는데(기본으로 늘 시키는 '타코' 와사비를 오늘만큼은 안 먹어야겠다고 생각했다) 시계를 보니 밤 11시 20분, 너무나 함정 같은 시각이었다. 영화 속에서 외계인의 언어, 시제에 얽매이지 않는 원형적인 '헵타포드어'를 이해하고 나자 과거, 현재, 미래를 동시에 보게 된 루이스 뱅크스 박사처럼, 갑자기 내 눈앞으로도 과거, 현재, 미래가 겹쳐져 나타났다. 이 비슷한 시각에 딱 한 시간만 먹자고 술집에 들어갔다가 새벽 서너 시까지 신나서 술을 마시고는 울다시피 출근했다가 기다시피 퇴근해서 기절하는 우리의 많은 과거들과 미래가 생생하게 보였다. 술이란 건 참 시도 때도 없이 시제에 얽매이지 않고 마시고 싶다는 점에서나, 마시기 전부터 이미 마시고 난 이후의 미래가 빤히 보인다는 점에서나, 일단 마시기 시작하면 앞일 뒷일 따위

생각 안 하는 비선형적 사고를 한다는 점에서 너무나 헵타포드어 같지 않은가.

미래에 기다릴 불행들을 알면서도 그 길 그대로 걸어가는 루이스처럼(물론 헵타포드적 관점에서 행/불행의 정의와 의미는 지구인들의 그것과는 다르겠지만), 알면서도 꿋꿋이 술집으로 들어가는 게 우주인의 입장에서 보나 술꾼의 입장에서 보나 옳은 행동이었겠지만, 그 주에 특히 격무에 시달리고 있었던 나는 지구인이자 직장인으로서의 선택을 내렸다.

"안 돼."

단호한 나의 태도에 T는 당황했다. 하지만 T도 헵타포드어를 잘 알고 있었다.

"그래! 그냥 집에 가자! 지금 괜히 술 마시기 시작했다가는 망할 거야."

우리는 지하철역 쪽으로 발걸음을 옮겼다. 어색한 발걸음이었다. 둘 사이에 한동안 침묵이 흘렀다. 마치 싸우기라도 한 것처럼. 하지만 틀린 말은 아니다. 우리는 각자 내면과 싸우고 있는 중이었으므로…. 저 멀리 지하철역이 보였을 때 T가 조심스럽게 제안했다.

"음… 그럼 밖에서는 말고, 집에 가서 딱 1시까지만 마시는 건 어때?"

"그, 그럴까?!"

너무 반색한 건 아닌지 스스로에게 되물어볼 쯤 다시 과거, 현재, 미래가 동시에 눈앞에 펼쳐졌다. 장소만 술집에서 집으로 바뀌었을 뿐, 새벽 서너 시까지 신나서 술을 마시고는 울다시피 출근했다가 기다시피 퇴근해서 기절하는 우리의 많은 과거들과 미래들. 청춘과 눈물. 환희와 고통. 사랑과 규칙. 수많은 가급적의 이면들과… 망할 헵타포드어.

"안 돼."

"헉, 너무해!"

"오늘 이 기분에 진짜 1시까지만 마실 자신 있어?"

"음… 아니…."

"야, 거기서 순순히 아니라고 하면 어떡해. 일단 그렇다고 해야 나도 넘어가지…."

"그렇지…."

자꾸만 시무룩해지는 게 아무래도 안 되겠다. 흔들리는 마음을 다잡기 위해 더 단호해질 필요가 있었다. T의 손을 잡아끌고 좀 더 빨리 걷기 시작했다. 그러자 정신이 맑아지며 문득 좋은 생각이 떠올랐다. 걷는 것이다. 집까지. 여기서부터 집까지는 지하철역 두 정거장 거리. 조금 아쉽지만 그 정도면 충분했다. 걷기는 많은 것의 대안이 될 수 있었다.

리베카 솔닛도 말했다. 마음을 두루 살피려면 걸어야 한다고. 걷는 것은 일하는 것과 일하지 않는 것, 존재하는 것과 뭔가를 해내는 것 사이의 미묘한 균형이라고. 소요학파들은 늘 느리게 걸으면서 토론했고, 소설의 영감을 야간 산책에서 얻곤 하던 찰스 디킨스는 친구에게 "걷는 동안 머릿속으로 쓰면서 웃음을 터뜨리다가, 흐느끼다가, 또 흐느꼈다네"라고 말했다. 리베카 솔닛의 『걷기의 인문학』을 읽은 문학평론가 정여울은 "이 책을 통해 나는 나에게 누구도 빼앗을 수 없는 멋진 무기가 있음을 깨"달았다고 했고, 헵타포드는 지구인들에게 "offer weapon"이라고 했다.

영화 속에서는 이 '무기'라는 단어의 해석을 두고 전 세계적으로 커다란 혼란과 갈등이 벌어진다. 하지만 이 순간 나에게 있어 우리가 가질 수 있는 '무기'는 분명했다. 물론 전 세계적인 동의는 얻지 못하겠지만… 적어도 T는 동의했고("천재네!") 우리는 잠시 후 편의점에서 사 들고 나온 무기, 팩 소주를 하나씩 손에 들고 걷기 시작했다. 가방 속에 여분으로 두 팩 더 챙겨 넣는 것도 잊지 않았다. 무기가 떨어지면 안 되니까. 본디의 운명대로라면 바나

나우유를 실어 날랐을 가련한 빨대를 타고 입안으로 소주가 들어오는 순간, 영화의 마지막에서 루이스가 이안의 품에 안기며 "당신 품이 이렇게 따뜻한 줄 잊고 있었다"고 말하듯이 나는 이렇게 외치고 싶었다. "아아, 팩 소주에 이런 맛이 있다는 걸 잊고 있었다!"

'집에 도착할 때까지만'이라는 확실한 끝점과 '걷는 동안'이라는 확실한 단서가 붙으니 술과 흥에 겨워 1시 이후의 시간을 엄청난 사채를 내고 끌어다 쓰지 않을 자신까지 붙어 더 기분이 좋았다. 역시 걷는 것은 최고였다. 집으로 돌아가는 행위와 술 마시는 행위 사이의 이 미묘한 균형. 규칙과 욕망 사이의 이 미묘한 균형. 한없이 느려지는 걸음으로 느적느적 걸으면서 우리는 영화 이야기를 하고, 술을 마시고, 팩 소주를 이야기하고, 술을 마시고, 동네의 밤 풍경을 이야기하고, 술을 마시고, 웃음을 터뜨리다가, 터뜨리다가, 또 터뜨렸다네.

이날 이후로 우리는 아주 가끔씩 '걷술'을 즐긴다. 소요주파가 된 것이다. 다른 동네로 이사하고 나서도 영화관과 집까지가 마침 지하철역 두 정거장 거리여서 몇 달 전에도 〈서치〉를 보고 나서 엄청나게 술 마시고 싶은 걸 걷술로 달랬다. 가을 휴가로 속초

에서 일주일 지낼 때도 하루는 노을이 내려앉은 영
랑호 한 바퀴를 걸으며 걸술을 마셨다. 요즘은 기분
에 따라 팩 소주와 포켓 소주 중에 하나를 골라서 마
시거나, 친구 웅이 출장 다녀오면서 끝내주게 멋진
포켓 술통을 선물한 뒤로는 좀 더 다양한 종류의 걸
술을 마시기도 했다. 뭐가 됐든 걸으면서 마시는 술
에는 특별한 맛이 있다. 규칙을 잘 지키고 있는 게
맞는지 아닌지는 잘 모르겠지만….

　얼마 전에는 테드 창의 원작 소설 「네 인생의
이야기」를 다시 읽었다. 이번에 추가로 밑줄 친 부분
은 루이스가 스스로에게 의문을 던지는 마지막 단락
이다. "나는 처음부터 나의 목적지가 어디인지를 알
고 있었고, 그것에 상응하는 경로를 골랐어. 하지만
지금 나는 환희의 극치를 향해 가고 있을까, 아니면
고통의 극치를 향해 가고 있을까?" 이건 바로 내가
술집에 들어갈 때마다 겪는 딜레마다. 특히 음주를
시작하기 애매하디애매한 함정 같은 시간에. 환희의
극치일까, 고통의 극치일까. 가는 기차는 천국행이고
돌아오는 기차는 지옥행일 이상한 왕복 기차권을 끊
을지 말지, 그냥 얌전히(?) 걸을지 오늘도 목하 고민
중이다.

이상한 술 다짐

가을이 와버렸다. 1년 중 가장 술맛이 도는 계절. 퇴근길마다 부는 선선한 바람과 걷기 좋은 날씨가 발걸음을 번번이 술집으로 이끄는 계절. 그래서 요즘 매일 퇴근길마다 싸운다. 아쉬탕가 요가를 하러 갈까 vs 술을 마시러 갈까.

지난주는 요가의 완패이자 나의 완패였다. 전어회가 제철이라, 막장과 마늘을 살짝 올린 기름진 전어에 소주를 마시느라고, 아버지가 담가준 김치가 막판이라, T가 신김치를 바닥까지 싹싹 긁어 스팸과 집에 있는 모든 야채를 다 넣고 볶은 뒤 흰자는 튀기듯이 바삭하게 노른자는 톡 치면 흘러내리게 익힌 달걀프라이를 얹어 내온 김치볶음밥에 소주를 마시느라고, 갑자기 기온이 뚝 떨어진 날 으슬으슬한 게 오뎅 바가 제격이라, 무가 적당히 우려진 국물에 담겨 푹 익기 직전의 오뎅 꼬치를 쏙쏙 빼어 먹으며 온 사케를 마시느라고, 외근이 끝나니 광장시장 근처라, 빈대떡과 고기완자에 막걸리 두 병을 비우고 두 번째 시킬 때 넉넉히 담아 주셔서 아직도 많이 남은 큼직큼직 썬 양파를 툭툭 넣은 간장만으로 막걸리 한 병을 더 비우느라고, 금요일이라, 매주 듣는 강의가 끝나고 홀가분한 마음으로 이자카야에 들어가 내가 굴을 먹을 수 있는 유일한 방식인 바삭한 굴튀김과 어떻게 해 먹어도 기본은 가는 가라아게에 하이볼을 마시느라고.

이게 지난주의 전적이다. 주말에 마신 와인은 쓰지 않겠다. 사이사이 마신 맥주는 아예 써주지도 않았다. 그렇다면 지지난주라고 뭐가 달랐을까? 답하지 않겠다….

솔직히 이번 주도 완패할 것이다…라고 생각했는데 웬걸. 오늘은 요가가 술을 이겼다. 무려 홍어회를 이겨내고 요가를 다녀온 것이다! 갑자기 강철 의지력이 생겨났을 리는 없고 어제 이미 질릴 정도로 많이 마셨기 때문이다. 역시 '오늘의 술 유혹'을 이길 수 있는 건 그나마도 '어제 마신 술'밖에 없다.

앞으로도 퇴근길마다 뻗쳐오는 유혹을 이겨내고 술을 안 마시기 위해서라도 늘 '어제 마신 사람'이 되어야겠다. 그렇다. 오늘의 술을 피하기 위해서 우리는 늘 어제 마신 사람이 되어야 한다. 그래서 나는 내일을 위해 오늘도 마신다.

술과 욕의 상관관계

적절한 순간에 찰진 욕을 구사하는 여자들을 향한 동경이 있다. 살다 보면 가끔 욕이 아닌 다른 언어로는 설명할 수도, 그 느낌을 살릴 수도 없는 순간이 찾아오는데, 그럴 때 누군가 던지는 찰기 도는 다부진 욕 한 방이 가져오는 카타르시스는 화려하고 청량했다.

동경의 이면에는 반감도 섞여 있었다. 무례하거나 부적절하게 욕을 쓰는 사람은 나도 싫지만, 표현으로서의 욕까지 묶어서, 특히 여자가 욕하는 걸 두고 '천박하다' '저급하다'고 말하는 일부 '고상한' 사람들을 향한 반감. 일단 사람을 놓고 등급을 따지는 식의 태도는 뭐가 됐든 별로다. 작은 부분 하나를 가지고 전체를 판단할 수 있다고 여기는 것도 별로다. '맞춤법이 사람의 품격을 좌우한다' '구두를 보면 그 사람의 인생을 알 수 있다' 같은 말들도 그래서 싫어한다. 맞춤법 중요하지. 근데 그걸로 사람의 품격을 매긴다고? 맞춤법 잘 지키는 사람이 틀리는 사람에 비해 격이 높아? 정말? 그 잘난 구두 하나로 누구의 인생을 판단한단 말이야? 남의 구두를 보고 남의 인생을 판단하는 사람의 협소한 인생 정도는 판단할 수도 있겠다. 그런 점에서 내 눈에는 욕하는 여자에게 쏟아지는 곱지 않은 시선도 곱지 않았다.

이렇게 동경과 반감이 나를 끊임없이 부추겼음에도 욕을 썩 잘하지 못했던 나 자신에게 느끼는 자괴감 또한 있었다. 여기서 욕을 하면 딱이겠다 싶은 순간은 잘 포착하는데 막상 욕을 뱉으려고 하면 마음속 여러 방어기제들이 철컥철컥 입을 가로막았다. 이 모든 걸 다 이겨내고 어쩌다 성공해도 잘하려는 부담에 자꾸 혀에 인위적인 힘이 들어가 욕을 망쳤다. 세상에는 뭘 하든 어딘가 어색한 사람이 있는데, 욕만 하면 나는 그런 사람이 되었다.

나에게는 욕을 무척 맛깔나게 하는 여고 친구들이 있었다. 욕을 향한 나의 동경도 따지고 보면 이 친구들 때문에 생긴 것이다. 다들 술도 참 잘 마셨다. '각 일 병'도 그들에게 배웠고(M은 술집에서 인원수대로 다섯 병의 소주를 주문하며 "술잔은 안 주셔도 돼요"라고 허세스럽게 덧붙이는 걸 좋아했다), 온 더 락도 배웠고(나는 얼음이 잔에 부딪히는 소리에 배어 있는 '어른의 술' 같은 느낌이 좋아서 허세스럽게 잔을 흔들며 마시는 걸 좋아했다), 와인 잔을 둥글게 돌리는 스월링도 배웠고(P는 어떤 제의를 치르는 듯한 표정으로 "이렇게 와인을 조금씩 열어주는 거야"라고 허세스럽게 속삭이는 걸 좋아했다), 그 밖의 여러 기초적인 것들을 그들에게 처음 배웠다. 지금까지 갖고 있는 술에 대한 태도나 취향도 대부분 이때 만들어졌을 것이다.

하지만 욕만큼은 통 배우지를 못했다. 그들에게서 가장 탐나는 건 욕이었는데. 술이 들어가면 그들의 욕은 찰기가 돌다 못해 생기가 돌았다. 무엇보다 그들은 욕의 정량을 알고 있었다. 또래 남자들이 아무 때나 습관처럼 툭툭 뱉거나, 일종의 마침표처럼 말끝마다 붙이는 흔하디흔한 욕과는 달랐다. 특히 나는 체다치즈 맛, 바비큐 맛, 사워크림 맛 등 무수히 많은 변종이 나와도 고집스럽게 오리지널 맛 프링글스만 집어 드는 사람답게(나는 참이슬도 빨간 뚜껑 오리지널파이다) 그들이 쏟아내는 무수한 재기 넘치고 다채로운 욕 중에서도 욕설계의 클래식인 '씨발'이 그렇게 멋질 수가 없었다(이때만 해도 '씨발'의 어원에 여성혐오적 의미가 담겨 있을 수도 있다는 것을 생각해보지 못했다). 그들은 그 한 단어에 다양한 톤과 강세와 리듬을 넣어 격정, 장난, 조롱, 냉소, 분노, 퇴폐 등 온갖 감정을 담아낼 수 있었고, 그 감정을 이끌어낼 수도 있었다. 그들과 술을 마시고 집에 돌아온 날은 취기에 신이 나서 혼자 연습한 적도 많았다. 그리 성공적이지는 않았던 것 같다.

대학 때 어느 선배가 자신이 연출하는 단편영화의 한 신에 잠깐 출연해달라고 부탁한 적이 있다. 남자 주인공과 주차 문제로 한바탕 싸우는 역할이었는데 나와 그 영화의 스크립터인 여자분이 한 쌍으로 나와 일방적으로 그를 몰아붙이면 되는 거였다. 대본은 없었다. 당시에는 상황만 던져주고 즉흥연기를 시키는 것이 영화의 리얼리티를 살린다고 굳게 믿는 어떤 분위기가 있었다. 영화판 곳곳에 홍상수의 그림자가 지나치게 드리워져 있던 시절이었다….

테이크가 거듭될수록 선배는 우리가 더 앙칼지게 고함을 쳐주길 바랐다. 사전 의논 때는 요구하지 않았던 쌍욕도 마구 섞어보기를 바랐다. 여자들이라고 업신여기다 혼쭐이 나는, 얌전해 보였던 여자들이 사실은 싸움꾼이었다는, '전복적인' 메시지를 던지는 장면이 되었으면 좋겠다고도 했다. 전복이라… 이런 사소한 시비에서 전복 같은 걸 이루려면 여자들이 남자 차를 뒤집어버리는, 말 그대로 차를 전복시키는 수밖에 없지 않을까요?

물론 우리는 차를 뒤집지 않았다. 대신 감독의 속을 뒤집었다. 테이크가 열몇 번째로 넘어갔을 때 그는 "아니, 둘 다 평소에 욕도 안 하고 살아요?"라며 답답한 심정을 토로했다. 주차싸움꾼2의 사정은 어떤지 몰라도 주차싸움꾼1인 나는 정말 욕을 안/못 하고 살았지만 그렇게 말하지는 못했다. 욕을 싹 빼고 처음에 의논했던 대로 말발로 몰아세우는 쪽으로 가는 게 나을 것 같았지만 감독은 욕이 들어가야 '날것'의 리얼리티가 산다고 생각하는 것 같았다.

날것. 그리고 전복. 무슨 횟집도 아니고. 도저히 안 되겠다고 판단한 그는 점심을 먹고 다시 해보자며 슬며시 술을 권했다. "좀 취한 상태면 훨씬 날것의 감정이 나오지 않을까요?" 영화판 곳곳에 홍상수의 그림자가 지나치게 드리워져 있던 시절이었다….

나는 술이 어색한 욕을 능숙하게 만들지 못한다는 걸 경험으로 알고 있었다. 그래서 그에게 이 연기를 정말 잘할 친구들을 알고 있는데 불러보면 어떨까 제안했다. 그리하여 K와 P가 등장했다. 그들에 맞춰 촬영 스케줄도 일부 조정한 만큼 잘해내야 했다. 난 전혀 걱정하지 않았다. 리허설 때부터 감독을 흥분시킨 그들은 단 두 테이크 만에 감독의 품에 리얼리티와 전복과 날것을 모두 안겨주었다. 중요한 건 그때 그들이 했던 욕은 '씨발', 단 한 종류밖에 없었다는 사실이다. 그들은 다양한 뉘앙스의 '씨발'로 신을 평정했다. 그들의 쌍욕 연기가 어찌나 빼어났

던지 그들을 눈여겨본 남자배우가 다른 학교 단편영화를 촬영하면서도 감독에게 그들을 추천해 부르기에 이른다. 1년 후의 이야기지만.

"술이 어색한 욕을 능숙하게 만들지 못한다는 걸 경험으로 알고 있었"던 이야기를 해보자면 1년 전으로 거슬러 올라가야 한다. 그날은 L의 집에서 오랜만에 분식 잔치를 벌인 날이었다. 떡볶이, 라볶이, 쫄면, 순대 등과 함께 P가 언니네 집에서 가져온 중국술과 Y가 출처를 분명히 밝히지 않은 칡주가 상위에 놓였다. P가 고급스러워 보이는 중국술을 꺼낼 때부터 약간 당황하며 쑥스러운 얼굴로 칡주를 꺼냈던 Y는 술자리 내내 칡주 자랑에 열을 올렸다. 이것은 9년, 무려 9년 만에 개봉하는 칡주이며("9년이면 이걸 담갔을 때 태어난 애가 지금 초등학교에 들어갔다는 거야, 초등학교에!"), 숙취가 없다고, 전혀 없다고 강조했다. 자양강장에 효과가 있다고도 했다…. 대체 칡주 같은 게 어디서 난 거냐고 물으면 답하지 않았다. 하필 그날 Y의 옆에 앉았던 나는 그의 서슬에 중국술은 입에 대지도 못하고 출처도 근본도 모르는 칡주만 연신 마셔댔다.

'언젠가 친구들 앞에서 한번 해보리라!' 벼르고

별렀던 욕을 마침 그날 불쑥 했던 것은 칡주 때문인지도 모른다. 칡주는 정말 욕 나오는 맛이었기 때문이다. 독하기도 독해서 몇 잔 안 마셨는데도 취기가 제법 세게 돌았다. 욕하기에 딱 좋은 취기였다. 그리고… 그 순간이 왔다. 이쯤에서 욕을 한 번 내리꽂으면 분위기 끝장나겠다 싶은 순간이. 이것저것 섞어도 통 '그 맛'이 안 나던 떡볶이의 간을 단박에 맞췄던 라면수프처럼, 욕 한 방이 지금 오고가는 대화의 간을 딱 맞출 게 분명한 순간이. 말하자면 씨발의 스팟. 할 수 있을 것 같았다. 어쩌면 9년 묵은 칡은 배짱에 좋은지도 몰랐다. 하지만 20년 묵은 나의 자의식도 호락호락하지는 않았다. 배짱과 자의식, 지금을 놓칠 수 없다는 초조함과 잘해내고 싶다는 부담 사이에서 마구 흔들리다가 결국 세상에서 가장 어설프고 수줍은 욕이 내 입에서 나왔다.

"씨발."

욕을 뱉자마자 화끈거리고 괴로워서 앞에 놓인 칡주를 원샷했다…. 보통 프로씨발러들의 욕을 보면 '씨파'와 '씨바' 사이 어딘가에서 발음의 경계가 살짝 흩어지듯 자연스럽게 굴러 나오는데 나의 그것은 아나운서가 저녁 뉴스 중에 씨발을 말했어도 이렇게는 못 하겠다 싶을 정도로 너무나 또박또박하고 굴곡 하나 없었다.* 하나하나 떼어서 보면 더욱 절망적이었다. 프로들의 '씨'에는 바람 소리 같은 공기 마찰음이 다량 섞여 금속성과 야성을 동시에 띠는데, 내가 뱉은 '씨'는 병원에서 간호사들이 "김혼비 씨~"라고 부를 때의 단정하고 딱 떨어지는, 지나치게 육성만 가지런한 '씨'였다. '발' 쪽은 더 가관이었다. 프로들은 '파'와 '바' 사이의 어떤 음, 약간 모던한 씨발의 경우 '바아알'에 가까운 모호한 굴림음을 내기도 하던데(단, 이건 단독으로 쓰일 때에 해당하는 이야기고, 씨발이 형용사로 명사 '놈'을 수식할 때는 ㄹ 발음을 자음동화 비슷하게 연음해서 발음한다), 나의 '발'은 한국어 듣기 시험 문제로 내보내면 100명 중 96명은 논란의 여지없이 '발'로 적어낼 것이 분명한, 군더더기 하나 없는 '발'이었다.

단정한 '씨'와 깔끔한 '발'의 결합. 그것은 욕이 아니었다. 치욕이었다. 술이 확 깼다. 내 몸 속 췱들마저 깜짝 놀라 일제히 공중으로 다 날아간 것 같

* 이 원고를 출판사에 넘긴 게 2019년 1월인데 놀랍게도 2월에 "아나운서가 저녁 뉴스 중에 씨발을 말했어도"와 유사한 일이 터졌다. 유명 앵커의 욕설이 공개된 일인데, 물론 저녁 뉴스 중은 아니었지만, 상상했던 것처럼 또박또박하고 굴곡 하나 없어 한 번 더 놀랐다. 내가 그것보다는 잘했다고 꼭 밝혀두고 싶다.

았다. 차라리 "이런, 칡 같은!"이라고 하는 게 더 욕 나왔을 뻔했다. 너무나 민망했던 나는 괜히 바닥에 널려 있는 과자 봉지나 캔 따위를 주섬주섬, 나의 씨발만큼이나 단정하고 깔끔하게 치웠다.

집에서 나오니 눈이 내리고 있었다. 두 번의 갈림길을 지나치며 집 방향이 같은 P와 나만 남았을 때 P가 나에게 "근데 너 지금 말할 때마다 칡 냄새 엄청 난다? 청하를 마시는 게 좋겠어"라는, 앞 문장이 어떻게 뒤의 문장으로 이어지는지 전혀 모르겠는 이유로 2차를 제안했다. 우리는 근처 술집에 들어가 청하를 마셨다. 여러 이야기를 한참 나누다가 나는 문득 P에게 욕을 정말 잘하고 싶다고 고백했다. 너의 욕이 너무 멋지다고도 고백했다.

"우하하, 미치겠다. 세상에 또 욕 잘한다고 칭찬받는 건 처음이네."

"나도 잘하고 싶은데 잘 안 돼."

"그래, 너 아까 욕할 때 좀 어이없더라."

"그치? 이상했지?!"

"응, 앞으로 웬만하면 하지 마라."

"뭐야, 그게. 제대로 할 수 있게 좀 알려줘 봐."

나는 갑자기 P에게 욕을 가르쳐달라고 조르기

시작했다. 아니, 그런 걸 가르쳐줄 수 있을 턱이 없잖아…라는 건 다음 날 술이 깨고 난 후에나 할 수 있는 생각이고(그나저나 취주에 숙취가 없다니 대체 누가 그래), 술집에서의 나는 막무가내였다. "근데 우리들이 너무 걸쳐서 그렇지, 니가 한 것도 나쁘지는 않어"라며 슬쩍 넘어가려는 P를 순순히 봐주지 않았다.

"아냐, 나는 니들처럼 맛깔나게 하지 않을 거면 평생 안 하고 살 거야. 무난한 씨발이라니. 그런 건 용납이 안 돼."

"아, 됐어, 그냥 생긴 대로 살아! 너 같은 목소리로는 어차피 그 맛 내기 힘들어."

"아, 씨발, 빨리 안 가르쳐줘? …어? 야, 야, 이번 건 좀 괜찮았지? 그치?"

"아까보다 낫긴 한데…."

내가 진심으로 열의를 갖고 조르니 P도 슬슬 가르쳐주기 시작했다. 내가 '씨발'을 한 번 할 때마다 듣고 뭐가 잘못됐는지 교정해주는 식이었다. "일단 한 번 해봐." "또 해봐." "음… 내가 봤을 때 네가 '씨'하고 '발' 사이를 잘 처리하지 못하는 것 같아. 씨를 약간 길게 발음해야 돼. '씨'가 아니라 '씨이—' 이런 느낌으로. 중간에 낀 '이'에 톤을 넣어

봐." "야, 그건 너무 길게 끌었잖아." "음, 좀 낫긴
한데 너무 부자연스럽잖아." "그건 그냥 길게 끌었
을 뿐이지 감정이 없잖아. 아, 진짜! 씨이발. 이렇게
못 하겠어?!"

P는 꽤 근성이 있는 욕 선생이었다. 청하 두 병
을 더 비울 때까지 우리들의 진지한 욕 레슨은 이어
졌고, 슬슬 둘 다 혀가 풀리기 시작할 무렵, P가 손
사래를 치며 말했다.

"야, 그 정도면 됐어. 사실 욕이란 게 연습한다
고 늘겠냐, 술 마신다고 늘겠냐. 그냥 사는 게 씨발
스러우면 돼. 그러면 저절로 잘돼."

이상하게도 이 말과 이 장면은 오랜 세월 내 기
억 속에 깊이 박히게 된다. 말을 맺고 느릿느릿 청하
를 따르는 P의 모습이 소스라치게 쓸쓸해 보여서 굳
이 병을 빼앗아 내가 따랐다. 그랬다. P도, 생각해
보면 Y도, L도 저마다의 문제들로 한참 힘든 시기를
보내고 있었다. 그게 그들의 욕과 어떤 상관관계가
있는지, 그래서 마시는 술들은 욕과 어떤 상관관계
가 있는지는 잘 모르겠지만 그랬다. 그 시기에는 모
두가 암담했다. 모든 게 술처럼 부드럽게 목으로 넘
어가지지가 않았다.

아예 포기하고 살았던 욕과 다시 인연을 맺은 것은 몇 년 후였다. 태어나서 처음으로 경찰서에 오래 머무른 날이었다. 몇 달을 더럽게 굴어오던 상사와 회식 비슷한 자리에서 크게 싸우다 누군가의 신고로 경찰서까지 갔지만 그 성추행범 새끼를 구치소에 처넣지도 못하고 일자리만 날렸다. 배신감(참고인으로 따라갔던 두 명이 말했다. 못 봤고 못 들었다고. 그중 한 명은 예전에 상사가 나를 자기 차에 억지로 태우려고 할 때 말려준 사람이었는데도)과 모멸감(경찰은 많은 사람 중에 왜 아가씨에게만 그랬겠냐고, 평소 품행이 어땠는지 캐물었다. 그동안의 문자까지 다 보여줬는데도)과 무력감(성추행범 새끼가 말했다. 넌 이 업계에서 끝이야. 끝이어야 할 사람은 그인데도)에 치를 떨면서, 아 진짜 앞으로 어떻게 해야 하지, 막막한 기분으로 차마 집으로도 못 가고 친구 자취집을 향해 걸어가던 새벽, 갑자기 입에서 툭 튀어나왔다. 씨발.

　　듣는 순간 바로 알 수 있었다. 이건 바로 내 친구들의 욕이다. 제대로다. 약간 흥분한 마음으로 연달아 뱉어보는데 깜짝 놀랄 만큼 완벽한 욕들이 내 입에서 계속 나왔다. 잠깐이라도 멈추면 이 감각을 잃을세라 걸어가면서 계속 입을 움직였다. 씨발, 씨

발, 씨이발!

　　한참 욕을 하다 보니 조금 후련해지면서도 더 슬퍼졌다. 씨발이 욕이 아니라 눈물 같았다. 목 놓아 울고 싶은 유의 슬픔이라기보다 뭔가 매우 크고 중요한 어떤 것이 훼손된 것 같은 슬픔이었다. 갑자기 P가 엄청나게 보고 싶었다. P와 욕 레슨을 주고받으며 청하를 마셨던 술집이 떠올랐다. P가 쓸쓸하게 했던 그 말이 떠올랐다. 한국에 있어봤자 고생할 일만 널린 게 지긋지긋하다고 지긋지긋하게 고생해서 번 돈으로 캐나다로 넘어가 호텔에 취직한 P에게 당장 전화를 걸고 싶었다. 나의 완성된 욕을, 눈물을 들려주고 싶었다. 하지만 당장 일자리가 날아갔는데 비싼 국제전화를 걸 수는 없었다. 어우, 야, 네 말이 맞다. 다 맞다, 진짜.

　　충동적으로 친구 집 앞 마트에서 청하를 세 병 샀다. 계단을 다 오르기도 전에 이미 전화로 내게 자초지종을 들은 Y가 "아오, 그 개새끼가 결국!" 욕과 함께 문을 확 열었다. 현관에 들어서면서 나도 대뜸 말했다. "야, 우리 P한테 전화하자!" 어? 뭐, 그러자, 아까 보니까 메신저에 있더라, 근데 너 정말 괜찮아? Y는 이내 눈물이 그렁그렁해져서는 나를 잠시 안았다. 등을 조심스럽게 쓸어내리면서. 마치 진정시

키려는 듯이. 등이 쓸릴 때마다 마음도 같이 쓸리며 눈물이 줄줄 따라 나올 것 같아 나는 Y에게 손에 있는 비닐봉지를 얼른 건넸다.

봉지 속을 들여다본 Y가 웬 청하? 전화로 물어보지. 우리 집에 술 많은데. 없겠냐? 소주도 있고, 와인도 있고, 엄마가 보낸 복분자주도 있고, 칡주도 있고, 라며 냉장고 쪽으로 걸어가는데, 당장 펑펑 울기 직전이었던 나는 갑자기 웃음이 터져 주저앉아 배를 잡고 웃었다. 칡주? 세상에, 칡주! 어우, 야, 여기서 칡주가 왜 나와. 그때 그거 너희 어머니가 보내신 거였어? 아니, 근데 왜 말을 안 했어? 하지만 묻는 동시에 깨달았다. 그때 Y는 새엄마라는 존재를 한창 힘겨워하던 시절이어서 새엄마의 '새' 자도 입에 올리기 싫었을 것이다. 지금은 새엄마를 무척 좋아해서 '새' 자를 입에 올리지 않지만. 그래, 마시자, 칡주! 몇 년 만에 마셔보는 거야, 진짜. 아, 나 웃겨 죽겠네. 칡주가 여기서 왜 나와. 근데 어머니는 왜 자꾸 칡주를 보내시는 거야? 어차피 술 마실 거 이왕이면 좋은 술 마시라고. 칡주가 진짜 몸에 좋다니까! 그래, 누가 뭐래, 근데 어머니 짱이다.

힘겨울 것 같았던 밤이 조금 든든해졌다. 자양강장에 좋다는 칡주(feat. Y)가 있으니까. 칡 냄새에

마시면 좋은 청하(feat. P)까지 있으니까. 너희들이
있으니까.

　　한번 입에 붙은 욕은 이후에도 흔들림이 없었
다. 작업비까지 떼어먹으려고 하는 성추행범 상사와
싸우면서 욕할 일이 어찌나 많았는지 씨발로 가글을
할 수 있을 정도였다. P와 Y와 M도 나의 눈부신 성
장을 인정했다. 하지만 이제 좀 느는가 싶었더니 점
점 같이 욕할 일이 줄어갔다. 일찌감치 캐나다에 자
리 잡은 P를 필두로, 나도 외국에 나갔고, Y도 말레
이시아로 떠났기 때문이다. M은 연년생 육아에 치
여 자기가 지금 어디 살고 있는지도 모를 지경이라
고 했다.
　　한때는 두 달에 한 번은 만났던 넷이서 다 같이
모이기까지 2년이 걸렸다. 주인이 직접 빚고 발효시
키는 수제 막걸리집에서 만났다. 네 종류의 막걸리
가 피처에 담겨 나오는데 계절의 이름을 따서 봄, 여
름, 가을, 겨울이라고 했다. 그동안 만나지 못한 2년
을 상쇄하자는 뜻에서 사계절을 두 바퀴 돌아 여덟
피처를 마시기로 다짐하고 시작했건만, 여섯 번째
피처에서 실패했다. 모두 이제 주량도, 상황도 예전
같지 않았던 것이다. 결국 우리는 가을과 겨울, 두

계절을 함께하지 못했다. 마지막까지 모두가 "가을, 겨울도 다 마셨어야 했는데!"라며 계속, 한 말 또 하고 한 말 또 해가면서 아쉬워했던 것은, 이 가게를 나가는 순간, 함께하지 못할 더 많은 계절들이 우리를 기다리고 있을 거라는 사실에서 애써 고개를 돌리고 싶어서였는지도 모른다.

이제 우리는 더 이상 씨발도 쓰지 않는다. 다들 이십대 때보다 지금이 훨씬 편안해져서도 그렇고, 그 의심스러운 어원을 알고 나서 정이 뚝 떨어져서도 그랬지만, Y는 나이를 먹으니 씨발은 어쩐지 민망하다고 했다. 대신에 가끔씩 '쌍'을 쓴다. 대체 이건 어떤 점에서 덜 민망하다는 건지 잘 모르겠다. 맞다, P는 'shit'을 쓴다. 아주 캐나다 사람 다 됐다.

와인, 어쩌면 가장 무서운 술

1.

홍콩에서 일하던 시절, 친한 동료인 클로이가 연 하우스 파티에 회사 사람들과 함께 갔다. 파티가 한창 무르익었을 무렵, 스위스인인 클로이가 자신의 집에 온 기념으로 스위스식 폭탄주를 대접하고 싶다며, 모두 어떠냐고 물었다. 미리 말해두지만 무척 셀 거라고 경고하면서. 마시겠다는 사람과 손사래를 치며 물러나는 사람이 6:4 정도의 비율로 갈리는 와중에 평소 폭탄주를 질색하면서도 그날만큼은 힘차게 "I'm in!"을 겁도 없이 외쳤던 건 순전히 문화적 호기심 때문이었다.

사람 수대로 늘어세워놓은 둥글고 커다란 와인 잔에 레드와인을 한가득씩 따른 클로이는 그 옆에 늘어세워놓은 샷 잔에 위스키를 따른 후 차례대로 와인 잔에 하나씩 빠뜨렸다. 샷이 빠질 때마다 와인이 잔 밖으로 흘러넘쳤고, 흘러넘칠 때마다 미리 순서를 정해놓기라도 한 듯 한 명씩 자연스레 앞으로 나가 잔을 들고 한달음에 꿀꺽꿀꺽 마셨다. 여기저기서 환호성이 폭죽처럼 터져 나오는 가운데 어쩌다 보니 나는 네 번째가 되었고, 열 번째 동료가 잔을 들 때쯤에서야 가까스로 잔을 비울 수 있었다.

잔을 내려놓자마자 바로 알 수 있었다. 내가 저 세상의 누군가와 접신했다는 것을. 위스키, 와인, 그 전에 마신 맥주, 각각 다른 전류를 갖고 있는 술들이 몸 안에서 합선을 일으키며 나를 바싹 태워버리고 있기라도 한 듯 눈이 퍽퍽해지고 관자놀이와 코끝이 찌릿찌릿하고 온몸이 뜨거워지는 가운데 나만 들을 수 있는 속삭임을 분명히 들었다. 넌 끝장났어. 일 단 가장 가까이에 있는 의자에 털썩 앉았다. 벽에 몸 을 기대고 잠시 멍하니 시선을 준 곳에 아까 클로이 가 들고 샷을 채웠던 위스키 병이 보였고…. 그곳에 도 있었다. 속삭임보다 분명한 정확한 메시지가. '노 브 크릭*. 알코올 50도.' …그래, 나 끝장났네.

당장 집으로 돌아가야 했다. 끝장이 나기 전에 침대까지 가야 했다. 다행히 나의 집은 클로이의 집 에서 광장 하나만 가로지르면 되었다. 빨리 걸으면 15분이면 충분했다. 내가 벌떡 일어나 주섬주섬 짐 을 챙겨 현관 쪽으로 가자 동료 몇이 따라와 괜찮냐 고 물었고, 정확히 말하면 묻는 듯했고(이미 귓속으 로 지상의 말들은 흘러들어오지 못했다), 횡설수설

---

* 미국 켄터키주의 노브 크릭에서 이름을 따온 스트레이트 버번 위스키.

"I'm out"을 주문처럼 읊으며 어찌어찌 빠져나와 정신을 차려보니 어느덧 광장 초입에 접어들어 있었다(이미 기억들이 증류 과정에 들어간 술처럼 조금씩 휘발되기 시작했다). 마음이 급했다. 취기가 작은 눈금을 타고 서서히 올라오는 게 아니라 육상선수처럼 성큼성큼 뛰어올라오고 있었다. 취기를 앞서기 위해 거의 뛰듯이 걸었지만 몸집이 커진 취기란 늘 인간보다 빨라서 광장의 끄트머리에 다다랐을 쯤에는 결국 나를 앞질렀다.

저 멀리 집이 보였다. 누군가 몇백 미터 떨어진 집까지 걸어가는 나의 모습을 봤다면, 인류의 진화 과정을 역으로 구현하는 퍼포먼스를 하는 줄 알았을 것이다. 점점 등이 굽으며 몸이 앞으로 쏠리고 팔이 땅바닥을 향해 축축 처지는 게, 네안데르탈인은 애초에 지나쳤고 집까지 200미터쯤을 남겨놨을 때에는 완벽한 유인원이 되어 있었다. 땅이 자꾸 눈앞으로 다가오는 게 나보다 더 살아 있는 생물 같았다. 그리고 그 생물에게는 불행히도 턱까지 있었다. 그것도 유달리 높은 턱. 치켜든다고 치켜들었는데 결국 발이 턱에 걸렸고, 순간 빙글, 앞구르기 하듯이 고꾸라지며 바닥에 머리를 찧었다. 이문재 시인이 「바닥」이라는 시에서 그랬지. "모든 땅바닥은 땅의 바닥이 아니고 지구의 정수리"라고. 그러니까 이 것은 지구의 정수리와 나의 정수리가 맞부딪치는 우주적 모멘트였던 것이다.

　　머리가 아팠지만 참을 만했다. 부딪히기 전부터 이미 머리는 깨질 듯 아팠기 때문이다. 커다란 내적 두통에 까진 정도의 외적 두통 하나 더해진들 대수겠는가. 피가 조금 났지만 괜찮았다. 하지만 우주적 모멘트는 나의 형질을 유인원에서 마침내 네발짐승으로 바꾸어놓았다. 다리가 완전히 풀려 제대로 걸을 수가 없었다. 기어야 했다. 턱에서부터 집까지는 50미터도 안 되는 거리였지만, 내 생애 땅바닥을 기어가는 건 처음이었다. 현관까지 기어가면서 생각했다. 뛰는 놈 위에 나는 놈이 있다면 걷는 놈 밑에는 기는 놈이 있구나…. 지나가는 뛰는 놈 걷는 놈이 없어서 다행이었다.

　　집까지 들어가는 데 성공한 나는 계속 기어서 침실까지 갔다. 침실 거울을 보니 까진 두피에서부터 얼굴로 흐르는 피 몇 줄기가 그 망할 놈의 위스키 샷이 와인에 빠질 때 잔 밖으로 흐르던 와인 같았다. 물티슈갑으로 손을 겨우 뻗어 티슈를 뽑는 데 성공했고(이때 내 상태로서는 그 어떤 사소한 일을 하든 '성공'이라는 말을 다 갖다 붙일 법했다) 피를 닦는

데도 성공했다. 누가 지금의 내 모양새를 본다면 폭탄이 떨어진 곳에서 겨우 도망쳐 나왔다고 생각하지 폭탄주를 마셨을 뿐이라고 상상이나 할까? 중립국의 폭탄이라고 너무 방심했다.

폭탄 조각들은 온몸 구석구석 깊숙이 박혀 다음날도 나는 내/외과적으로 고통에 시달렸고, 이날 이후 폭탄주라면 호기심에라도 입에 대지 않게 되었다. 어쩐지 한동안 와인도 안 마셨다. 술의 힘이란 게 얼마나 강력한지, 내가 아직도 '스위스' 하면 이날의 술부터 떠올린다는 것을 작년에 예능 프로인 〈어서 와~ 한국은 처음이지?〉를 보다가 깨달았다. 하다하다 이제는 '스위스'라는 단어에서마저 술을 연상하는 건 좀 문제가 있지 않은가 싶어, 알프스산맥과 시계와 초콜릿과 알렉산드르 프라이(2006년 독일 월드컵에서 쐐기골을 넣어 한국의 16강 진출을 좌절시킨 바로 그 선수!)를 억지로 떠올리려고 해도 잘 되지 않는다. 클로이의 작은 폭탄이 내 안의 스위스를 부숴버린 것이다. 이 사실을 안다면 정치적 성향이 극좌파에 가까웠던 클로이가 대단히 기뻐할지도 모르겠다.

2.

　살면서 이보다 더 무서운 술을 만날 일은 없을 줄 알았는데 역시 방심했다. 그 만남은 불과 몇 달 후, 회사 거래처 대표가 크게 연 파티에서 이루어졌다. 아무리 파티라고 해도 결국 회사 일의 연장일 뿐이어서 팀원 중 그 누구도 가겠다고 나서지 않았다. 참석자를 채우긴 해야 하니 치열한 눈치 싸움 끝에 결국 제비뽑기까지 하기에 이르렀는데, 이 순간 나의 운명은 결정된 거나 다름없었다. 제비뽑기 운 나쁘기로 나를 따라올 자를 찾기에 홍콩은 너무 작은 도시였다….

　평온해야 할 주말을 빼앗아 간 나쁜 제비는 그래도 의리는 있어서 박씨 대신 포도씨가 만들어낸 커다란 기적들을 물어다 주었는데, 통 크기로 유명한 거래처가 연 파티답게 그날의 와인 리스트가 깜짝 놀랄 정도로 화려했던 것이다. 그중에는 한화로 환산하면 한 병에 300만 원이 넘는다는 '샤또 페트뤼스'도 있었다. 그 자리에 있던 몇몇 와인 마니아에 의하면 페트뤼스치고 그리 좋은 빈티지는 아니라고 했지만, 나에게는 이 정도면 충분했다. 더 좋은 빈티지를 마셨디라면 그 자리에서 기절했을지도 모른다.

향을 맡을 때까지만 해도 큰 기대는 없었다('맛있는 와인 맛', 딱 그거겠지). 하지만 첫 모금을 입에 머금는 순간, 나는 나의 시간에 어떤 선이 그어지는 것 같은 선명한 기분을 느꼈다. 넘기 전으로 다시 돌아가지 못할 선. 한 모금씩 천천히 마실 때마다 와인에 완전히 혀를 붙들리는 바람에 말을 잃어갔고, 붙들린 혀에서는 둔한 감각을 찢고 들어온 핏빛 액체에 놀란 1만 개의 미뢰가 번쩍번쩍 깨어나기 시작했다. 그것은 맛이 주는 충격이었다. 아무리 기분 좋은 감각이라고 하더라도 그것이 '충격'이라고 부를 만한 강도를 갖고 있다면 어느 정도는 난폭할 수밖에 없어서, 몸속으로 흘러들어오는 페트뤼스에 그동안 마셔왔던 와인의 기억들이 조금씩 부서지고 깎여나갔다. 나는 그 맛과, 내 몸속에서 생겨나고 사라지는 것들의 감각을 최대한 느끼고 싶어서 한동안 조용히 와인만 마셨다.

와인이 몇 모금 남지 않았을 때, 고민이 시작됐다. 아직 다 읽어내지 못한 이 오묘한 와인의 맛을 아무것도 섞이지 않은 채로 더 깊이 탐구하고 싶은 마음과 음식을 곁들여 찬찬히 즐겨보고 싶은 마음 사이의 갈등. 이것은 3박 4일짜리 단기 여행에서 잘 알지 못하는 곳을 부지런히 돌아다니며 깊이 탐험해 보고 싶은 마음과 하루쯤은 숙소에만 머물며 여유롭게 쉬어보고 싶은 마음 사이의 갈등과 비슷했다. 그리고 늘 전자에게 후자가 지고 말았지. 하루 더 있으면 모를까, 그러기에 3박 4일은 너무 짧은 것이다. 늘 '모자란 하루'처럼 한 잔이 모자랐다. 그런 고가의 와인은 주최 측에서 주는 대로 마시는 게 암묵적인 에티켓인 자리에서 한 잔 더 달라고 할 수도 없었고, 눈 딱 감고 한 잔 더 달라고 부탁한대도(정말 심각하게 고려했다) 와인이 남아 있을 확률은 거의 없었기에, 나는 조용히 물러났다.

　　하지만 한 번 깨어난 미뢰들은 물러설 줄을 몰랐다. '모자란 한 잔'이 계속 생각났고, 그날 이후 나는 조금씩 비싼 와인들에 손을 대기 시작했다. 그전부터 와인에 관심은 많아서 좋은 와인들을 꽤 알고는 있었지만, 가격 때문에 선뜻 사지 못했던 것들이었다. 금요일 저녁 와인 숍에 들러 사 오는 와인의 가격이 평소 사던 것의 두 배가 되고, 어느덧 세 배가 되고, 네 배라는, 나름 단단하다고 여겼던 심정적 벽이 부서지는 데는 석 달이 채 걸리지 않았다. 클로이의 폭탄주도 그렇고, 페트뤼스도 그렇고, 와인은 뭘 이렇게 계속 부숴대는지. 면세 천국의 도시라 똑 같은 와인도 한국에 비해 저렴하다는 점이 돈을 쓰면서도 버는 것 같은 착시를 일으켰고, 가계부를 꼼꼼히 쓰면서 예산을 철저히 지키던 시절이라 한정된 식비 안에서 와인값의 비중이 느는 만큼 극단적으로 부실해져가는 식단 때문에 '먹을 것을 줄여가며 무언가에 매진하는' 성스러운 기분마저 더해져서 나의 폭주는 계속됐다.

그 석 달 동안 수십 번 들었다 놓았던 고가의 와인을 '우아, 마침 세일까지 해서 한국 가격의 반이네, 반!'(사실 '반'까지는 아니었지만 반올림으로 계산하는 편법까지 동원했다) '한 달 동안 한 끼만 먹고 버틴 보람이 있었어!'(식단이 부실해지다 못해 끼니 수를 줄이는 데까지 가버렸다)라며 신나서 사 들고 들어온 날이었다. 와인은 첫 모금을 마시자마자 대체 이 고마운 와이너리는 어디에 있는 건지 구글맵을 찾아봤을 정도로 훌륭했다. 지나치게 훌륭해서 와인이 몇 번 더 혀를 황홀하게 휘감고 지나간 후 나는 처음으로 두려움에 휘감길 정도였다. 잠깐, 이대로 괜찮을까…?

주변 와인 마니아들에게서 수없이 들어왔던, 와인에 잘못 빠지면 집안 살림 거덜 난다는 말이 갑자기 생생한 현실로 다가왔다. 그랬다. 이건 단지 비싼 와인을 한 번 사고 말고의 문제가 아니었다. 혀의 감각이 쑥쑥 커지는 속도를 현실이 쫓아가지 못할 미래의 문제였다. 이미 웬만한 와인에는 예전처럼 만족하지 못하는 혀를, 만족의 허들이 높아져갈 혀를, 내가 앞으로 계속 감당할 수 있을까? 아니, 이런 식으로 나가다가는 올해 뿌린 포도씨가 와인이 되기도 전에 망할 거야. '세 치 혀가 사람 잡는다'는 속담이 말에 관한 경고인 줄만 알았지, 미각에 대한 경고가 될 수도 있다는 건 꿈에도 몰랐다.

그날 나는 처음으로 취향의 확장과 감당의 깜냥에 관해 생각했다. 그동안 돈이 많이 나가는 취미를 한 번도 가져본 적이 없던 데다가, 취향이라는 것은 경험, 사유, 지식, 능력, 근육량과 함께 확장하면 할수록 좋은 것이라는 확고한 믿음이 있었던 나에게는 새로운 종류의 고민이었다. 따져봐야 할 것들이 많았다. 이 취향의 세계에서 지속적 만족을 얻는 게 '현실적으로' 가능한가. 지속적 만족이 불가능하다면 그 반작용으로 생길 지속적 결핍감에 대처할 수 있는가. 취향 확장비(혹은 유지비)를 나의 노동력과 시간으로 환산했을 때, 충분히 그럴 만한 가치가 있다고 망설임 없이 말할 수 있는가. 취향 확장비로 얻을 수 있는 다른 것들과 비교했을 때, 우위를 점하고 있는 게 확실한가. 그러니까, 쉽게 말해서, 너는 취향의 확장을 감당할 깜냥이 되는가!

취향의 확장과 함께 넓어지는 세계. 멋진 말이다. 누군가에게 그것은, 그게 와인이 되었든 뭐가 되었든, 돈으로 결코 환산할 수 없는 충만한 기쁨과 소중한 기억들을 안겨줄 테고, 그건 분명 멋진 세계일 것이다. 하지만 그 멋짐을 마음 편히 누릴 수 있는 사람에 나는 해당하지 않는 것 같았다. 불편한 진실이지만, 대개의 취향은 돈을 먹고 자란다. 그 때문에 어떤 취향의 세계가 막 넓어지려는 순간 그 초입에 잠시 멈춰 서서 넓어질 평수를 계산하고 예산을 미리 짜보지 않고서는 성큼 걸어 들어가지 못하는 사람도 있는 것이다. 확장공사 다 해놨는데 잔금 치를 돈이 없으면 그때 가서는 어떡해? 그 돈으로 다른 좋은 걸 할 수도 있지 않을까?

깊이 고민한 끝에 나는 초입에서 돌아 나오기로 결정했다. 계속 걸어갈 자신이 없었다. 아마 이런 게 흔히들 말하는 '통'이라는 거겠지. 나는 통이 크지 못했다. 하지만 어쩌겠어. 그게 나의 깜냥인데. 무작정 걸어 들어가고 보는 여행은 마음이 편하지도 즐겁지도 못할 게 분명한데. "젊어서 여행은 빚을 내서라도 하라" 같은 말을 들으면, 그리고 실제로 빚을 내서라도 여행을 다녀오는 유의 사람을 만나면, 마음 한편에 설렘과 모험심과 동경이 가득 차오르지만, 막상 나보고 하라고 한다면 빚만으로도 마음이 무거워서 죽어도 여행을 즐기지 못할 게 뻔한 나의 깜냥을 이제 받아들여야 했다.

그렇게 짧고 굵었던 와인 대탐험은, 살다 보면 이제 막 움트려는 새로운 세계를 확장하는 대신 축소해야 하는 순간 또한 있다는 것을 알려주며 막을 내렸다. 나의 미뢰들은 '대체 석 달간의 그건 뭐였지…?' 하고 잠시 어리둥절해하다가 다시 둔한 감각 속으로 숨어들었다. 10년이 지난 지금, 나는 와인에 관해서 무취향에 가깝다. 달지 않고 드라이하면 다 좋다. 덤으로 아주 가끔 돈과 이상이 부딪힐 때 '내가 그때 와인에 계속 빠졌으면 어차피 없었을 돈이니까 이 정도는 쓰지 뭐!'라고 갖다 붙일 호기로운 핑계까지 생겼다. 지금 다시 생각해봐도 여러모로 참 잘한 일 같다.

혹시 나처럼 현실적인 여건이 여의치 않고 통이 크지 못해서 어쩔 수 없이 어떤 세계를 피워보지도 못하고 축소해버리고 마는 것에 좌절감을 느끼는 사람이 있다면 이것만큼은 꼭 말해주고 싶다. 살면서 그런 축소와 확장의 갈림길에 몇 번이고 놓이다 보니, 축소가 꼭 확장의 반대말만은 아닌 경우들을 종종 보게 되었다. 때로는 한 세계의 축소가 다른 세계의 확장으로 이어지기도 하고, 축소하는 과정에서 생각지도 못한 확장이 돌발적으로 벌어지기도 한다. 축소해야 할 세계와 대비를 이뤄 확장해야 할 세계가 더 또렷이 보이기도 한다. 이를테면 내게는 '모자란 한 잔'보다 '모자란 하루'가 더 중요하다는 걸 깨닫게 된다든지, 그래서 모자란 한 잔을 얻기 위해 쓸 시간과 에너지와 돈을 모자란 하루들을 늘려가는 데 잘 쓰게 되었다든지, 같은 여러 가능성. 아니, 뭐 그렇게 안 이어지면 또 어떤가.

그러니 작은 통 속에서 살아가는 동료들이여, 지금 당장 감당할 수 없다면 때로는 나의 세계를 좀 줄이는 것도 괜찮다. 축소해도 괜찮다. 세상은 우리에게 세계를 확장하라고, 기꺼이 모험에 몸을 던지라고 끊임없이 메시지를 보내지만 감당의 몫을 책임져주지는 않으니까. 감당의 깜냥은 각자 다르니까. 빚내서 하는 여행이 모두에게 다 좋으란 법은 없으니까.

3.

　지난주 목요일에는 K와 와인을 마셨다. 그는 내가 아는 사람 중에 가장 통이 큰 사람이다. 한 잔씩 마신 와인이 맛있어서 결국 한 병을 시켰고, 병이 다 비워질 무렵 누가 먼저랄 것도 없이 식당 테이블에 엎드려 그대로 잠이 들었다. 통 큰 여자와 통 작은 여자가 마주 앉아 마주 잤다. 얼마나 잤을까. 통 작은 사람은 잠을 담는 통도 작은 것인지 어느 순간 먼저 잠에서 깬 나는 눈앞에 쓰러져 있는 K를 발견하자마자 벌떡 일어나서 그의 코 아래에 손을 가져다 대고 생존부터 확인했다. 그러는 내 머리도 깨질 것 같았다. 역시 와인은 무섭고, 나는 아직 와인을 감당할 깜냥이 안 된다…. 덧붙이자면, 와인이 무서울 때가 또 언제인 줄 아는가? 마시고 토할 때다. 무한 각혈하는 기분이 들어 너무 무섭다….

혼술의 장면들

잊을 만하면 가끔씩 엄마가 어딘가에서 내 사주를 보고 온다. 무슨 선생님, 무슨 원장님, 무슨 보살님, 호칭도 다양한 여러 사람에게서 가장 많이 들었던 건, '속세에 큰 관심이 없어 어딘가에 틀어박혀 조용히 공부하는 걸 즐길 운명'이라는 말이었다. 당장 머리 깎고 절에 들어가도 이상하지 않으니 그걸 피하기 위해서는 일부러라도 활발하게 사교 모임을 하고 적극적으로 사회적 행사에 참여하고 집 밖으로 자꾸 나가라고 했다.

뭐, 나에게 그런 구석이 있긴 한데…. 아니 근데 진짜로 그게 나의 운명이라면 그걸 받아들이고 절에 들어가는 게 제일 좋은 삶인 거 아닌가?라는 의아함이 늘 남았지만 엄마에게 말하지는 않는다. 혹시라도 그렇게 될까 봐 이미 걱정하고 있기 때문이다. 그럴 때마다 엄마의 손을 꼭 잡고 말했다. 그 운명이 아무리 강력하다 해도 세상에 술이 있는 한 제가 절에 들어갈 일은 없을 것입니다, 어머니여, 술이 당신의 딸을 지켜줄 것입니다. 술을 믿으세요.

하도 들어서 외울 정도인 그런 유의 비슷비슷한 점괘들 중에 그래도 하나 마음에 남은 건 '이 사람 마음 한구석에는 절이 지어져 있다'는 말이었다. 같은 말이어도 그림이 그려지는 표현이어서였을까.

그 말을 들은 이후로는 이런저런 일들에 치여서 쉬고 싶거나 속이 시끄러울 때면 내 마음속에 지어져 있다는 절을 상상해보곤 했다. 그러면 거짓말처럼 마음이 조금 평온해졌다.

'절'이 단지 '속세에서 유리되어 있는 조용한 공간'에 대한 환유라면, 우리에게는 혼술이라는 것도 있으니 술이랑 딱히 대척점에 있는 건 아니지 않나 싶겠지만, 그렇지 않다. 나는 아무도 없는 집에서 혼자 조용히 술을 즐기는 타입은 아니다. T와 함께 산 이후로는 더욱 그럴 일이 없어졌다. 그래서 나의 술꾼 정체성에 항상 의문이 있다. 술꾼이라고 하면 보통 다음 두 가지를 기본으로 치기 때문이다. 강술을 즐기는가와 혼술을 즐기는가.

강술부터 이야기하자면, 나는 세상의 거의 모든 음식을 안주로 여기는 만큼 안주와 페어링 없이는 술을 즐기지 못한다. 콩 한 쪽이라도 술과 나눠 먹어야 한다. 혼술은 약간 복잡하다. 집에서 혼자 마시는 술과 밖에서 혼자 마시는 술, 두 가지로 나눠 살펴봐야 하기 때문이다(편의상 각각 '집혼술'과 '밖혼술'이라고 부르겠다). 집혼술은 마시지 않지만 밖혼술은 이따금씩 즐겼기에 일단 강술은 ×, 혼술은 △라고 해두겠다.

장면1

삼십대 초반까지 밖혼술은 단골 바 몇 군데에 가는 게 전부였다. 회사 근처나 집 근처에 있는, 주문한 술을 건네주고 나면 필요한 게 생기기 전까지는 나에게 전혀 신경을 쓰지 않는 바텐더가 있고 자주 오는 손님보다는 관광객들이 많이 오는 곳이라면 대개는 나의 단골 바가 되었다. 바에 갈 때마다 마주치는 낯익은 얼굴들이 주는 정겨움보다는 여행지에서 특별한 저녁을 맞는 중일 관광객들의 활력 속에 섞여드는 게 더 좋았던 것 같다.

홍콩 침사추이의 어느 골목에 있는 오래된 바도 그런 곳이었다. 살면서 가장 많은 혼술과 가장 많은 토마토 주스를 그곳에서 마셨다. 내 또래의 과묵한 바텐더 아슈인이 영국식 해장술이니 미리 해장하는 셈치고 마시고 가라며 마지막에 꼭 '블러디 메리'를 만들어주곤 했기 때문이다. 보드카 베이스에 토마토 주스와 타바스코 소스, 우스터 소스, 소금, 후추를 넣는 칵테일, 블러디 메리.

블러디 메리의 꽃말, 아니 술말은 '당황'일 게 분명했다. 한 모금 먹었을 때 전혀 예상하지 못한 맛이라 당황했고, 술맛이 당황스러울 수도 있다는 사실에 또 당황했다. 그것은 나의 협소한 관점에서 술 카테고리에 들어 있을 수 없는 맛이었다. 안톤버그 위스키 봉봉*이 제 아무리 최선을 다해 술병의 모양을 띠고 있더라도 술이 들어간 초콜릿이라고 하지 술이라고 하지 않는 것처럼, 이것은 술을 넣은 차가운 수프라고 해야지 술이라고 해서는 안 될 것 같았다. 토마토 수프와 클램차우더에 보드카를 섞어놓은 맛인데 심지어 술 위에 가니시로 셀러리 줄기까지 꽂아주다니. 이게 술이면, 색으로 보나 성분으로 보나 블러디 그 자체인 선짓국 국물에 소주를 넣고 배추를 꽂은 후 '블러디 영희'라고 이름 붙이면 그것도 술이게?

이건 블러디 메리가 아니라 '블러디 헬' 아니냐고 항의하는 내게 아슈인은 "참고 한 잔만 천천히 마셔봐. 친해지기까지 시간이 좀 필요한데 한번 친해

---

* 한 입 크기 초콜릿을 프랑스어권에서는 '봉봉'이라고 부르는데 이 봉봉에 위스키를 넣은 것이 위스키 봉봉이다. 지금은 다양한 브랜드의 위스키 봉봉이 나오고 있지만, 가장 클래식하고 유명한 것은 1884년에 나온 덴마크 초콜릿 회사 안톤버그의 위스키 봉봉이다. 각종 위스키들의 미니어처처럼 생긴 술병 모양의 초콜릿을 어딘가에서 본 적이 있다면 안톤버그 위스키 봉봉이었을 확률이 매우 높을 정도로 대중적인 사랑을 받고 있다.

지면 자주 생각날걸?"이라며 모험심을 부추겼다. 그리고 빙고! 정말 어느 순간부터 나는 그 맛에 중독되었다. 나중에 더 자주 마신 술은 '블러디 마리아'였다. 블러디 메리에서 술 베이스만 보드카에서 테킬라로 바꾼 칵테일. 테킬라를 원체 좋아하기도 하지만, 보드카 대신 멕시코 술인 테킬라가 들어가면서, '메리'의 스페인식 발음 '마리아'로 이름을 바꿔 붙인 점이 특히 마음에 들었다.

그 바가 문을 닫고 그 자리에 식당이 들어선 후로는 어쩐지 다른 단골 바를 만들지 못했다. 그로부터 1년 후 한국으로 완전히 들어오면서는 더욱 그럴 기회가 없었다. 그래서 현재까지 바에서 마신 마지막 혼술은 아슈인이 만든 블러디 마리아다. 해장술을 술로 치지 않던 아슈인의 셈법을 빌린다면 블러디 마리아 직전에 마셨던 녹차를 섞은 시바스 리갈이겠지만. 한국에서 친구들과 블러디 메리를 몇 번 마셔본 적이 있는데 묽은 토마토 주스를 쓰는지, 우스터 소스를 덜 넣는지, 홍콩에서 마셨던 그 맛이 안 났다. 어느 쪽이 블러디 메리의 원형에 가까운지는 모르겠다.

장면2

바를 벗어난 첫 밖혼술은 시원소주였다. 부산의 유명한 족발집에서였다. 친한 언니의 결혼식에 부케를 받으러 갔다가 언제 또 부산까지 갈 기회가 생길지 기약도 없는데 좋아하는 냉채족발 하나 못 먹고 돌아오면 아쉬울 것 같았다. 물론 용기가 필요했다. 나와 언니는 서로를 제외하고는 다른 친구들을 공유하는 관계가 아니었기에 당시 나는 일행도 없이 혼자였고, 지금처럼 혼밥이 문화의 한 형태로 정리되지 않았던 시절이었던 데다가, 넓고 사람이 북적한 족발집은 혼자 뭘 먹기에 특히나 겸연쩍은 곳이었다. 포장을 해 갈까도 생각했지만 내내 들고 다닐 생각을 하니 귀찮았고, 점심때가 진작 지나 무엇보다 배가 고팠다. 그래서 눈 딱 감고 몇 년 전 부산 여행 때 무척 맛있게 먹었던 기억이 있는 그곳에 들어갔다.

"혼자시라고요?"라고 되묻는 주인아저씨와 힐끗힐끗 쳐다보는 아르바이트생들 앞에서는 솔직히 좀 주눅이 들었다. 하지만 쫀득한 해파리와 아삭한 야채들과 함께 족발 한 점을 입에 넣자 새콤한 겨자소스가 입안 가득 번지면서 그 모든 걸 저 멀리로 밀어냈다. 칸막이 하나 없는 테이블이었지만, 마치 보이지 않는 문을 닫고 오직 냉채족발과 나만이 존재하는 방에 들어선 것 같았다. 다른 존재 하나만 더 들여놓으면 완벽할 것 같았다. 술. 이건 또 다른 용기를 필요로 했지만, 이미 족발도 혼자 먹고 있는 마당에 낮술 반주 못 마실게 뭐람. 여기 시원 한 병 주세요!

하지만 소주를 따서 자작하기 시작하니 주변 분위기가 미묘하게 달라졌다. 오며 가며 쳐다보는 시선이 확연히 늘었고, 눈이 마주쳤는데 피할 생각도 없이 노골적으로 쳐다보며 이야기를 주고받는 사람들도 있었다. 원래 먹던 상에 그냥 술 한 병 더 추가됐을 뿐인데 갑자기 추가된 것들이 많아졌다. 권여선 소설가는 산문집 『오늘 뭐 먹지?』에서 순댓국집에서 순댓국에 소주를 시켜 혼자 마시는 여자에게 "쏟아지는 다종 다기한 시선들"에 관해 이야기하면서 "내가 혼자 와인 바에서 샐러드에 와인을 마신다면 받지 않아도 좋을 그 시선들"이라고 썼는데, 정말 그랬다. 그동안 오직 바에서만 혼자 술을 마셔봤던 나로서는 처음 받아보는 시선들이었다. 권여선 소설가처럼 "그들에게 메롱이라도 한 기분"이라고 호쾌하게 받아넘기기까지 소주 반병이 소요됐다.

한편으로는 그 시선들이 이해도 갔다. 그 테이

블에는 족발과 술만 있는 건 아니었기 때문이다. 웨딩 부케도 있었다. 먼지 하나 묻히고 싶지 않은 하얗고 커다랗고 예쁜 부케가 혹시라도 땅에 떨어지거나 무엇에 짓눌릴까 봐 의자가 아닌 테이블 위 넓은 면에 곱게 올려뒀던 것이다.

　블랙 시스루 원피스를 입고 세미 스모키 화장을 한, 누군가의 결혼식에서 부케를 받은 후 (어디 들러서 부케를 놔둘 새도 없이) 바로 족발집으로 온 게 거의 분명해 보이는 삼십대 초반의 여자가 혼자 낮술을 마시는 모습은 누군가에게 다소 을씨년스러운 상상을 불러일으킬 만했을 것이다. 비운의 여자처럼 보였을지도 모른다. 오랫동안 마음속으로 짝사랑해온 사람의 결혼식에서 어떤 얄궂은 운명의 흐름에 의해 부케까지 받고 찢어지는 마음을 술로 달래는 비운의… 곧 결혼할 예정이라 친구 결혼식에서 부케까지 받았는데 겨우 잊었던 첫사랑과 우연히 재회하는 바람에 거세게 흔들리는 마음을 진정시키는 비운의… 그러거나 말거나 소주잔을 연신 비우니… 살짝 취기가 돌며 더욱 기분이 좋아졌고, 새콤하고 쫄깃한 냉채족발에 첫맛은 쓰고 뒷맛은 단 소주가 어우러질 때마다 마음이 간질간질해졌으며, 시선들에 더 이상 신경 쓰지 않게 되었다.

그렇게 시원소주 한 병 반과 냉채족발 소짜 한 접시를 말끔히 비우고 일어서며 안 먹고 갔으면 크게 후회할 뻔했다고 생각했다. 앞으로도 언제 또 마주칠지 모를 사람들 때문에 언제 또 마주칠지 모를 냉채족발과 반주를 놓치지 않는 삶을 살아야겠다고도 생각했다. 아닌 게 아니라 그날 이후 지금까지 8년간 단 한 번도 부산에 여행갈 기회가 없었던 것을 생각하면 그때 먹기를 얼마나 잘했는지 모른다.

장면3

첫 밖혼술의 문을 족발집에서 부케와 함께 화려하게 열고 나니 그 이후의 밖혼술들은 한결 문턱이 낮아졌다(그 부케는 밖혼술과의 미래를 축복하는 부케라고 믿고 있다). 어쩌다 퇴근길에 혼자 순댓국집에 들르면 순댓국에 소주 한 병을 마시는 데 스스럼이 없어졌고, 집 근처에 분식과 술을 같이 파는 흔치 않은 가게가 있다는 걸 알게 된 이후에는 가끔씩 들러 김밥에 반주를 곁들이곤 했다(김밥, 특히 꼬마김밥은 만두와 함께 내가 가장 좋아하는 술안주이기도 하다).

유달리 추웠던 어느 겨울 오후. 옛날에 살던 동네에서 미팅이 끝나고 자주 가던 전집에 들렀다. 근처 친구 작업실에서 친구들이랑 술을 마시기로 한 터라 감자전을 몇 장 포장해 가고 싶었던 것이다. 주문을 하고 자리에 잠시 앉았다. 주인아주머니가 마침 막 부쳐낸 김치전이 한가득 담긴 그릇을 들고 테이블마다 하나씩 나눠 주고 있었는데, "주문이 밀려 시간이 좀 걸리니까 먹으면서 기다려요"라며 내 앞에도 한 장 놔주셨다. 감사합니다, 라는 인사가 끝나자마자 젓가락으로 한 점 찍어 입에 넣었고 입안에 살짝 기름진 새콤함이 가득 퍼지는데… 크흐, 갑자기 저절로 팔이 번쩍 들렸다. "사장님, 여기 지평막걸리도 한 병 주세요!"

여기저기 둘 내지 셋씩 앉아 있는 틈바구니에서 혼자 막걸리에 김치전을 아마도 매우 행복한 표정으로 먹고 있었을 나와 눈이 마주친 아주머니가 씩 웃었다. 그러더니 김치전 한 장을 더 집어 내 그릇에 올려주었다.

"한 장만 먹으면 막걸리 남잖아요. 한 병엔 두 장이지."

난 그만 아주머니에게 반할 뻔했다. 김치전을 한 장 더 주신 것도 주신 거지만, 이렇게 한 쌍으로

묶이는 두 가지 음식의 소진 속도와 적절한 양적 균형에까지 생각이 미치는 사람은 매우 소중하기 때문이다. 그새 한 김 식은 김치전은 적당히 따뜻했고 당연히 맛있었고 아주머니 말대로 막걸리 한 병과 똑 떨어졌다.

전집에서 예정에 없던 전작을 기분 좋게 한 채로 친구의 작업실에 가서는 친구들과 감자전에 피노누아 와인을 마셨다. 좀 전에 있었던 이야기를 해주었더니 다들 그분 혼술 좀 해보신 게 분명하다며 열광적인 반응을 보였다. 그러면서 자연스레 이야기의 주제가 밖혼술로 이어졌다. 나하고는 비교도 안 될 만큼 오래전부터, 훨씬 자주 밖혼술을 마셔왔던 그들의 입에서 뜻밖의 우울한 이야기들이 흘러나왔다.

장면4

뜻밖이라고 하기에는 어떤 조짐들이 2, 3년 전부터 보이기는 했다. L의 경우, 몇 년간 자주 해오던 대로 음식 사진과 함께 '혼자 밖에서 저녁 먹으며 반주하는 중'이라는 글을 SNS에 올리면 언젠가부터 '조심하세요'라는 댓글이 드문드문 달리기 시작했다. H의 경우, 8년간 사귀면서 그가 혼술을 마시든 4차, 5차를 가든 전혀 터치하지 않았던 애인이 언젠가부터 웬만하면 바에 가고 되도록이면 혼자서는 술 마시지 않으면 좋겠다고 말하기 시작했다. S의 경우, 혼자 순두부찌개에 반주를 하다가 집요하게 쳐다보는 일군의 남자들을 마주쳤는데 그날따라 이상하게 좋지 않은 느낌이 들어 혼술 인생 17년 만에 처음으로 먹다 말고 그냥 계산하고 나왔다고 한다. C의 경우, 포장마차에서 혼자 우동과 소주를 마시는데 중년 남자가 옆에 와서 화를 내기 시작했고, 주인아주머니는 C에게 돈 안 받을 테니 지금 먹던 거 멈추고 그냥 빨리 가라며 한쪽으로 도망갈 길을 터줬다. 그날 이후 C는 포장마차에서 절대 혼술을 하지 않는다. 그밖에 이 사례들과 비슷한 M의 경우, 또 다른 H의 경우, Y의 경우 등등….

이니셜로 등장하는 사람들은 모두 여자다. 사실 여자들의 혼술에는 예전부터 감수해야 할 몫들이 늘 있어왔다. 냉채족발집에서 겪은 것 같은 묘한 시선들은 많게든 적게든 종종 따라붙었다. 주문을 받는 가게 주인의 탐탁지 않은 표정을 대면할 때도 있었다. 일부러 들으라는 듯이 "이야~ 세상 참 좋아졌다. 여자가 초저녁부터 밖에서 혼자 술도 마실 수 있고" 같은, 세상이 그리 좋아지지 않았다는 증거이자 이유 그 자체인 사람들의 비아냥 섞인 시비를 겪었다는 이야기는 아직도 어딘가에서 들려왔다. 때로는 그 뒤에 시비의 강도가 거세져도 말릴 생각 않고 거기에 슬쩍 묻어 힐난의 눈빛을 던지는 가게 주인이나 주변 손님들의 이야기가 덧붙기도 했다. 그런 경우 대개는 여자가 결국 자리를 떠나곤 했다. 그러니까 세상에는 밥집에서 혼자 반주를 마시는 여자를 괴씸해하는 사람들이 예나 지금이나 여전히 있다.

그동안 여자 밖혼술러들은 크고 작은 그런 반응들을 '그러려니' 하는 상수로서 이미 계산에 넣은 후 무시하거나 외면하는 방법을 터득했고, 때로는 그러면 그럴수록 전투력이 상승해서 보란 듯이 더 당당하게 술을 마시고 나오기도 했다. 남자 밖혼술러들에게는 없을 상수였다. 여자 혼자 타는 택시와 남자 혼자 타는 택시가 다른 세계를 싣고 달리듯이. 여자가 밥집에서 혼자 술 마시는 걸 두고 '멋있다'고 말하는 사람들 역시 많은 건, 그 행동에 무릅쓴 '무언가'가 포함되어 있다는 걸 무/의식적으로 감지하고 있기 때문일 것이다. 혼자 술 마시는 남자를 두고 멋있다고 말하지는 않는 것처럼. 우리가 원하는 건 멋있는 게 아니라 그저 술을 마시는 건데.

최근 사회 곳곳에서 보내는 어떤 사인들이 십몇 년간 무릅쓰면서 다져져온 여자 밖혼술러들의 마음마저 위축시켰다. 불쾌하고 귀찮기만 했던 그런 시선과 반응들이 물리적 위해로 발전할 수 있는 가능성을 구체적으로 떠올려보게 만들었고, '그러려니' 할 수 있던 상수가 '혹시 모르니까'의 변수로서 재계산되어야 할 시점이라고 여기게 되었다. 밖혼술하기에 비교적 안전한 곳을 찾게 되었고, 밥집이나 순댓국집 같은 곳에서의 밖혼술 횟수가 눈에 띄게 줄었다. 언젠가부터 그랬다. 대낮이라고 할지라도 아무도 없는 공중화장실에 여간해서는 들어가지 않게 되었을 때부터. 혼자 사업장을 운영하던 친구들이 믿을 만한 남자 아르바이트생들을 구하게 되었을 때부터. 혼자 택시를 타고 가는 날에는 친구들끼리 무사히 도착했다는 문자를 예전보다 훨씬 자주 주고받게 되었을 때부터. 남자와 시비가 붙으면 여간해서는 지지 않았던 친구들이 참고 져주기 시작했을 때부터.

"2018년인데 밖에서 혼자 술 마시는 걸 더 꺼리게 되다니 너무 슬프지 않아요?" 작년 겨울 이삼십대 여성들로 이루어진 세미나 뒤풀이에서 누가 분통을 터뜨리자 누가 "그러다 맞거나 죽으면 더 슬퍼요"라고 했다. 지나치게 걱정하는 건 아닐까라는 생각도 잠시, 혼자 술을 마시고 있을 때 스쳐 갔던 못마땅한 시선들을 떠올려봤다. 그중에는 괘씸함을 넘어선 적의도 분명 있었다. 간단히 말해서, 꼴 보기 싫어했다. 꼴 보기 싫은 마음이 문명의 선을 조금 넘으면 꼴을 없애버리고 싶은 마음이 될지도 모른다. 게다가 여자 '혼자' 아닌가.

한편으로는 조심하면서도 지난달에는 실로 오랜만에 밖혼술을 했다. 근처에 미팅이 있어 갔다가 좋아하는 냉면집에 2년 만에 들르게 됐고, 냉면을 먹다가 소주 한 병을 주문한 것이다. 소주가 빠진 평양냉면을 생각할 수 없었기에…. 소주 한 병에 냉면 한 그릇을 말끔히 비우고 일어서며 안 먹고 갔으면 후회할 뻔했다고 생각했다. 언제 마주칠지 모를 위험 때문에 언제 마주칠지 모를 평양냉면과 반주를 놓치지 않는 삶을 모두가 살아야만 한다고도 생각했다. 그런 점에서 "세상 참 좋아졌다. 여자가 초저녁부터 밖에서 혼자 술도 마실 수 있고"라는 비아냥은 재수 없지만 시사하는 바 또한 분명히 있다. 그렇다. 여자들이 조금의, 아주 조금의 거리낌도 없이, 법적으로 허용된 공간이라면 그 어디에서든지 밖혼술을 마실 수 있는 세상이 당연히 좋은 세상이다. 밖혼술의 기준에서 세상은 그리 좋아진 것 같지 않다. 오히려 나빠졌다.

중간성적

집혼술이 쌓지 못하는 기록을 그나마 쌓아주던 밖혼술이 작년에 단 2회를 기록하는 바람에 술꾼 성적표도 변경됐다. 혼술△ → 혼술✕. 줄어든 밖혼술만큼 집혼술의 횟수를 늘려 성적표의 균형을 맞췄을 주변 술꾼 친구들이 네가 무슨 술꾼이냐며 성토하는 소리가 벌써부터 들려온다…. 올해의 첫 술자리를 함께한 술친구 JYP─YG 콤비(유명 소속사와는 무관하다)가 『우아하고 호쾌한 여자 축구』는 축구광 닉 혼비의 이름을 따서 '김혼비'라는 필명으로 냈으니, 『아무튼, 술』은 그에 맞는 필명을 따로 정해야 한다며 '김혼술'을 강력 추천했는데, 혼술 성적표가 저 모양이라 망했다. 하지만 역시 술은 혼자보다 같이 마실 때가 더 좋은 것 같다. 어쩌면 내 마음에는 절이 아니라 주막이 지어져 있을지도.

술피부와 꿀피부

축구를 하다가 허벅지를 나쳤다. 수비수를 피해 공을 꺾어 방향을 틀고 달려 나가던 중 무릎부터 허벅지 뒤쪽 근육까지 저릿한 통증이 한 번 지나가는가 싶더니 그 후부터 허벅지 뒤쪽이 계속 뻐근해져서 제대로 달릴 수가 없었다. 나에게 제쳐진 6번 할아버지가 고거 쌤통이라는 표정으로 쳐다보는 와중에 (아, 진짜 저 할아버지 얄미워!) 증상을 들은 팀원들은 햄스트링 근육이 다친 게 분명하다며 초기에 잡지 않으면 만성이 될 수 있으니 당장 병원에 가야 한다고 말했다. 정확한 진단이었다. 의사도 완전히 나을 때까지 무리한 운동은 절대 삼가야 한다며 정기적인 물리치료를 권했다. 물리치료실로 이동하기 직전, 진단을 받는 내내 최대 관심사였지만 마지막까지 미루고 미뤘던 질문을 조심스럽지만 다급하게 던졌다.

"술을 마시는 것도 안 좋을까요?"

당연하지, 인마. 이 질문은 왜 항상 꺼내놓고 나면 이렇게나 바보 같을까? 몸 낫자고 간 병원에서 꺼내면 특히 더 그렇다. 하지만 안 물을 수도 없지 않은가. '안 마시면 좋겠지만 마셔도 크게 지장은 없어요' 정도의 답을 기대하지 않을 수 없는 것이다. 저렇게 깔끔한 답이 아니어도 괜찮다. "마시지 마세요"라는 답일지언정 "음…" 정도의 머뭇거림이나 약간의 갸웃거림 정도만 포착할 수 있어도 술꾼의 마음은 한결 편안해질 것입니다, 선생님. 자, 그러니까, 선생님?

"알코올이 근육 섬유를 파괴하기 때문에 나으실 때까지는 마시면 안 됩니다."

헉. 이런 쪽으로 이렇게 깔끔하게 대답하실 줄이야. 알코올이 근육 섬유를 파괴하는 거 누가 몰라요. 다만 모든 것에는 '어느 정도'라는 애매모호한 영역이라는 것이 있는 거 아닙니까. 거기에서 발휘할 수 있는 의사의 재량이라는 게 있잖아요. 혹. 의사의 재량 대신 그냥 나의 재량에 맡기고 하고 싶은 대로 하면 될 텐데 소심해서 또 그렇게는 못 하고 물리치료를 받고 와서는 사흘 동안 꼼짝 없이 술을 입에 대지 않았다.

그렇다고 다른 병원을 찾아간 이유가 이것 때문은 아니었다. 정말이다. 첫 병원은 축구장에서 가장 가까운 곳을 찾았던 것이고, 이번에는 집에서 가장 가까운 곳을 찾았을 뿐이다. 정말이다. 물론 "술은 절.대. 마시면 안 되나요?"라고 질문을 살짝 극단적으로 바꾼 것에는 온건한 답을 유도하고자 하는 의도가 담겨 있었던 게 사실이지만. 이번 의사는 친절했다. 매우 친절했다.

"술을 마시면요, 몸이 알코올을 분해하면서 젖산이라는 물질이 쌓여요. 이 젖산은 뭔가 하면 피로 유발 물질인데, 이게 과도하게 쌓이잖아요? 단백질이 부족해져서 근육으로….."

결국 마셔서는 안 된다는 이야기였다. 두 번째 병원에서도 실패한 것이다. 이런 재량도 아량도 없는 현대의학 같으니. 이리하여 나는 난데없는 금주 상태에 돌입하게 되었다. 이게 석 달이나 갈 줄은 몰랐다. 초반에는 빨리 나아서 하루 빨리 축구하고 싶은 마음에 철저하게 금주를 했다면, 나중에는 낫는 속도가 생각보다 더뎌서 걱정스러운 마음에 철저하게 금주를 했다.

매일매일 상태가 고만고만해서 애를 태우는 허벅지와 달리 눈에 띄게 달라진 곳은 엉뚱하게도 얼굴이었다. 부위만 매번 달라질 뿐 늘 일정한 비율을 유지하면서 군데군데 돋아나곤 했던 울긋불긋하고 울퉁불퉁했던 뾰루지 같은 것들이 싹 사라진 것이다. 축구할 때마다 강하게 쐬었던 태양 빛을 피해서인지, 금주의 효과인지 모르겠지만(어떻게든 술의 책임을 가볍게 하고자 축구를 끌어들였지만 예전에도 종종 오랫동안 금주했을 때 비슷한 현상이 나타났으니 아마 후자의 영향이 클 것이다), 만나는 사람마다 한 마디씩 건넬 정도였다.

"너 원래 피부가 이렇게 좋았구나. 꿀이네, 꿀."

"야, 이게 네 원래 피부야. 내가 잘 낳아줬으면 뭘 해. 지가 맨날 망쳐갖고는."(물론, 엄마다.)

그동안 내 피부가 딱히 좋은 편도 아니었지만 피부과에 가야 할 정도로 나쁜 편도 아니었기에 피부에 대해 별생각 없이 살다가 갑자기 나도 피부를 의식하게 되었다. 그러게, 내 원래 피부는 이렇구나. 이산가족 상봉하듯 애틋한 마음으로 거울을 보던 어느 날, 문득 이런 의문이 생겼다. 잠깐, 잠깐. 내 삶을 술을 떼어놓고 생각할 수 있나? 아니. 지금처럼 술과 분리된 상태는 특수한, 부자연스러운, 예외적인 상태인 거 아닌가? 그렇지. 그렇다면 '술을 마시는 상태'가 나의 '원래'에 가까운 거잖아? 맞지! 그랬다. '원래'라는 말이 풍기는 뉘앙스에 속아 넘어가서 나도 모르게 내 피부의 디폴트를 술이 빠진 말끔한 피부로 둘 뻔했다. 내 원래 피부는 이게 아닌데. 이건 나의 원래가 아닌데.

이전까지 한 번도 그렇게 생각해본 적이 없다가 술이 나의 '원래', 그러니까 나를 구성하는 보다

본질적인 것이리고 생각하니 갑자기 술 쪽이 한층 더 애틋해졌다. 지금 거울 속에 있는, 내 얼굴뼈 위에 달라붙어 있는 깨끗한 피부보다도 술이 더 몸의 일부처럼 느껴질 정도였다. 오랜 세월 눈앞에 늘 친구처럼 있던 사람이 알고 보니 어렸을 때 헤어졌던 이복동생이었다는 걸 알게 되었을 때의 기분이라고나 할까. 이산가족을 잘못 찾을 뻔했다. 깨끗한 피부와 술이 동시에 내 인생에 주어진다면 더할 나위 없겠지만 하나만 선택해야 한다면 당연히 요 몇 주 잠깐 같이했던 저 낯선 피부가 아니라 나의 이복동생 술이었다. 오랜 시간 나와 함께해왔고 앞으로도 함께할 것은 술, 술인 것이다.

근육통이 사라지고 나서도 혹시 모를 재발까지 고려해서 2주를 더 참은 후 나는 다시 축구장에서 술집에서 날아다녔다. 정신없이 날아다니던 어느 날, 샤워를 마치고 얼굴에 로션을 바르려고 보니 얼굴 군데군데 다시 울긋불긋 뾰루지 같은 것들이 돋아나 있었다. 흑, 역시 같이 갈 수는 없는 거구나. 잠깐이었지만 즐거웠어, 꿀피부야. 로션을 다 바르고 얼굴을 손뼉으로 탁 치며 생각했다.

'그래, 이게 내 원래 피부지!'

술로만 열리는 말들

술꾼으로서 질색하는 것은 술 또는 술 마시는 방식을 강권하는 모든 종류의 행위다. 위계나 관행 때문에 '원치 않는' 폭탄주를 마셔야 한다거나 '원샷'을 강요받는 술자리에는 절대 가지 않는다. 평소 좋아하던 술이라도 강요가 섞이는 순간 술은 변질되어버린다. 폭탄주로 봐야 할지 칵테일로 봐야 할지 애매한 경계에 있는 '소맥'의 경우, 나에게 있어 분류의 기준은 '마시는 사람의 마음'이다. 같은 소맥이라도 누군가 말아서 마시기를 강요하면 폭탄주지만, 내가 마시고 싶을 때 누군가 말아주면 칵테일이 된다. 눈에 넣어도 아프지 않을 귀한 술들이 어떤 사람에게 폭탄이, 벌칙이나 고역이 되는 것은 술꾼으로서 가슴 아픈 일이다.

무엇보다 만취 상태로 곧바로 건너뛰기에는, 술동무와 함께 서서히 취기에 젖어드는 과정이 주는 매력을 무시할 수 없다. 때로는 이게 내가 술을 좋아하는 이유의 전부 아닐까 생각할 정도로. 뾰족하게 깎아놓은 연필을 백지에 쓱쓱쓱쓱 계속 문지르다 보면 연필심이 점점 동글동글하고 뭉툭해지는 것처럼, 어른으로서, 사회인으로서, 그 밖의 대외적 자아로서 바짝 벼려져 있던 사람들이 술을 한 잔 두 잔 세 잔 마시면서 조금씩 동글동글하고 뭉툭해져가는 것을 보는 것이 좋다. 술이 우리를 조금씩 허술하게 만드는 것이 좋다. 그래서 평소라면 잘 하지 못했을 말을 술술 하는 순간도 좋다.

가끔씩 "맨 정신으로 할 수 없는 말은 술 마시고도 하지 않는 게 맞다" "술 마시지 않고는 할 수 없는 말을 술 마시고 하는 것이 싫다"라고 단호하게 말하는 사람들을 본다. 그럴 때마다 생각한다. 맨 정신으로 할 수 없는 말 중에는 속에 담아두는 편이 좋은 말도 있을 테고, 밖으로 꺼내는 편이 좋은 말도 있을 텐데(당장 드라마들만 봐도, 속에 담아둔 채 서로 추측만 해대다가 점점 오해의 늪으로 빠져들어가는 전개들이 쏟아져 나오지 않는가. 보면서 늘 외친다. 서로 말 좀 해! 추측을 맹신하지 말고 힘들어도 서로의 사정과 마음을 확인부터 하라고!) 그런 경우에는 술의 힘이라도 빌려서 하는 게 좋지 않을까? 적어도 나는 할 말을 해주는 사람이 훨씬 좋기에, 상대에게 술이 작은 독려가 된다면 얼마든지 술을 무한대로 사주고도 싶다. 물론 술 없이도 그 말을 할 수 있다면 그것대로 좋겠지만, 세상에는 맨 정신으로는 하기 힘든 말들이라는 게 분명 있는 법이다.

한때는 저런 단호한 지론을 갖고 있는 사람들과 친구가 된 적도 있었다. 하지만 길게 가지 못하거나, 가늘고 길게 갔다. 나는 인생의 꽤 많은 부분에서 '가늘고 길게'의 정신을 따르는 편이지만, '친구'는 그 부분에 해당하지 않았다. 나에게 있어 가늘고 길게 가는 관계는 '지인'이다. 가느다랄 거라면 뭣 하러 친구가 되며, 가느다란 친구 관계가 굳이 길어야 할 이유도 잘 모르겠다. 그런 경우 상대도 나도 너무 사소해서, 너무 유치해서, 너무 쿨하지 못해서, 너무 쑥스러워서, 혹시 기분 상할까 봐, 관계가 틀어질까 봐, 어색해질까 봐 등등의 이유로 차마 맨 정신으로 할 수 없어 속에 담아두는 말들이 쌓여갔고, 쌓이는 말들 사이의 여백을 (틀림없다고 믿어 의심치 않는) 추측으로 메워가다가 어느샌가 전혀 다른 곳으로 서로를 데려갔다. 분명 10년 가까이 알았는데 서로에 관해 잘 안다고 '추측'했지만 지나고 보면 잘 몰랐다. 지나고 보면 상대도 나도 적정선 안에서 '나이스'했다. 지나고 보면 그건 아무것도 아니었다.

결국 기질 차이인 것 같다. 술이 얹어진 말들을 싫어하는 기질과 술이라도 얹어져 세상 밖으로 나온 말들을 좋아하는 기질. 나는 항상 술을 마시고 꺼내놓았던 말들보다 술 없이 미처 꺼내지 못한 말들을 훨씬 후회스러워하는 쪽이었다(그건 내가 원체 꺼내놓는 걸 잘 못 하는 사람이라 그렇기도 할 것이다).

누군가 술기운을 빌려 나에게 꺼내놓는 말들을 소중히 담아놓는 쪽이었다. 때로는 그 말이 우리를 나쁜 방향으로 이끌고 갈 때도 있지만, 어쨌든 '나이스'하지만 사실은 아무것도 아니게 고여 있는 것보다는 어느 쪽으로라도 흘러가는 편이 낫다고 믿는다.

그러니까 누군가에게 술은 제2의 따옴표다. 평소에 따옴표 안에 차마 넣지 못한 말들을 넣을 수 있는 따옴표. 누군가에게는 술로만 열리는 마음과 말들이 따로 있다. 바닥에 떨어뜨렸을 때 뾰족한 연필심은 뚝 부러져 나가거나 깨어지지만, 뭉툭한 연필심은 끄떡없듯이, 같이 뭉툭해졌을 때에서야 허심탄회하게 나눌 수 있는 말들이 있다. 쉽게 꺼낼 수 없는 말들. 밖으로 꺼내지 않으면 영원히 속에서 맴돌며 나도 상대도 까맣게 태워버릴지 모를 말들. 꺼내놓고 보면 별것 아닌데 혼자 가슴에 품어서 괜한 몸집을 불리는 말들.

이쯤에서 다시 강요의 문제로 돌아오자면. "진탕 마시고 속엣말 다 편하게 털어놓자" "취한 김에 비밀 하나씩만 이야기해봐" 같은, 조직된 '허심탄회주의'를 강요하는 술자리도 질색이다. 나는 아직 준비도 안 됐고, 딱히 당신과 그럴 생각이 없으며, 그럴 만한 관계도 아닌데 따옴표를 확 열고 들어오면

"제가 털어놓을 속엣말은요…, 당장 집에 가고 싶어요" 말고는 할 말이 없어진다. 백지 위에서 쓱쓱쓱쓱 같이 뒹굴며 같이 뭉툭해지며 같이 허술해져가며 마음이 열리고 말이 열리는 건 일부러 할 수 있는 '행동'이 아니라 저절로 그렇게 되는 '상태'이다.

비슷한 기질을 갖고 있고 비슷한 상태가 될 수 있는 나의 오랜 술친구들과 미래의 술친구들과 오래오래 술 마시면서 살고 싶다. 너무 사소해서, 너무 유치해서, 너무 쿨하지 못해서, 너무 쑥스러워서, 혹시 기분 상할까 봐, 관계가 틀어질까 봐, 어색해질까 봐 같은 계산 다 던져버리고 상대를 믿고 나를 믿고 술과 함께 한 발 더. 그러다 보면 말이 따로 필요 없는 순간도 생긴다. 그저 술잔 한 번 부딪히는 것으로, 말없이 술을 따라주는 것으로 전해지는 마음도 있으니까.

에필로그

열어서는 안 될 문을 열어버린 것 같다. 이 책의 프롤로그를 쓸 때만 해도 내가 술에 관해 할 이야기가 이렇게 많은 줄은 몰랐다. 술이 술을 부르듯 술글이 계속 술글을 불렀고, 그렇다고 글이 술술 써진 것은 아니고, 원고를 다 썼을 때는 쓴 원고보다 못 쓴 원고가 더 많아진 상태가 되고 말았다. 이 책 초반부를 쓰는 중에도 나는 틈틈이 술을 마셨고, 술을 마실 때마다 크고 작은 이야기들이 하나씩 생겼다. 모든 술자리가 다 글감이 되었다. 이러다가는 뭘 써야 할지 도저히 고르지 못할 것 같아서 어느 순간부터 술 약속을 뚝 끊어버렸다.

이 책을 쓰면서 새삼 깨달았다. 내 인생의 어떤 부분은 술과 함께 익어왔다는 것을. 여기 모인 글들은 '술'을 떠올렸을 때 가장 먼저 떠올랐던, 20년간 몸 안에 차곡차곡 담가놨던 술을 열었더니 맨 윗자리에 떠오른 이야기들이다. 그 밑에 깔려 있는 다른 많은 술들도 언젠가 하나씩 나눌 수 있길 바란다. 술자리에는 대개 2차가 있으니까. 쓰는 사이사이 청량한 휴식이 되어주었던 캔디크러쉬사가(에필로그를 쓰기 직전에 레벨4191을 깼다)와 탈리스커 위스키에게 고마움을 전한다.

자, 이제 술 마시러 나가야겠다!

나를 만든 세계, 내가 만든 세계
'아무튼'은 나에게 기쁨이자 즐거움이 되는,
생각만 해도 좋은 한 가지를 담은 에세이 시리즈입니다.
위고, 제철소, 코난북스, 세 출판사가 함께 펴냅니다.

아무튼, 술

초판 1쇄 2019년 5월 7일
초판 20쇄 2024년 7월 22일

지은이 김혼비
펴낸이 김태형
디자인 일구공
제작 세걸음

펴낸곳 제철소
등록 제2014-000058호
전화 070-7717-1924
팩스 0303-3444-3469

right_season@naver.com
instagram.com/from.rightseason

ⓒ 김혼비, 2019

ISBN 979-11-88343-22-5 02810

이 책 내용의 일부 또는 전부를 재사용하려면 반드시 저작권자와 출판사
양측의 동의를 받아야 합니다.